Instantánea

Isaac Suazo Erazo

Instantánea

Isaac Suazo Erazo
Primera edición, 2020 ©
Fotografía de portada de Delmer Membreño.
Diseño de Portada de Mario Ramos.
Diagramación y cuidado editorial de Óscar Estrada.
126 páginas, 5.25" x 8"
ISBN-13: 978-1-942369-35-6
ISBN-10: 1-942369-35-2
Impreso en Estados Unidos.

Casasola LLC
1619 1st Street NW Apt. C Washington DC 20001

casasolaeditores.com
info@casasolaeditores.com

Instantánea

Isaac Suazo Erazo

www.casasolaeditores.com

Isaac Suazo Erazo, Tegucigalpa, 1977. Es psicólogo de profesión y padre de dos maravillosas bombas molotov. Egresado de la Universidad Nacional Autónoma de Honduras (UNAH), cuenta con un post-grado en Gerontología Social, por parte de la Universidad de Granada (UGR), de España. Ha ejercido la psicología educativa, clínica, social y forense; lo que le hace tener una visión holística de la realidad y escribir desde una perspectiva humanista. Ha escrito artículos de activismo político y psicología, manuales didácticos y es autor del Libro de cuentos y poesía: *Anuncio de Necesidades y razones* (2013).

A MANERA DE PRESENTACIÓN
DE LA NOVELA DE ISAAC SUAZO ERAZO

*I*nstantánea, la novela de Isaac Suazo Erazo, es una fotografía que busca explicar la locura que nos atrapa. Es la imagen circular de un cuerpo encostalado que espera en la avenida pública, para dar su espectáculo final frente a una audiencia anónima que ve con alivio que el muerto es *otro*. Es el escape de Marcos Lara, el protagonista de la novela, un fotógrafo forense que durante años ha capturado las imágenes de los cuerpos que a diario aparecen regados por la ciudad, y quien sigue a la mujer que ama en un sueño que se extiende por años, pero que puede ser también un solo segundo, mientras mira el cielo oscuro de la ciudad que ignora que muere.

Isaac Suazo juega con el tiempo en esta novela, va y viene en círculos alrededor del asesinato de Cecilia, la mejor amiga de Marcos, que junto a su novia reclaman a la sociedad tolerancia a su preferencia sexual y terminan siendo mártires de su lucha. ¿Acaso no somos capaces de sentir el dolor que Marcos siente, al ser él el fotógrafo que descubre a su mejor amiga envuelta en un costal en la calle? Su dolor, lo llevará a reconocer a los asesinos de Cecilia y ver que son los mismos agentes de policía que dicen estar investigando. Los asesinos, en la novela de Isaac, saben lo que hacen y ven en su actuar una causa justa. El cuerpo que Marcos destapa el inicio de esta novela, es él mismo, pero también puede ser Cecilia, como cualquiera de los cientos de menesterosos que rodean al equipo forense, o nosotros, como lectores, que estamos como Marcos, atrapados en esa realidad macabra.

Isaac juega entonces también con la realidad, salta de la dimensión que vivimos lector y personaje, una realidad sombría, oscura y tétrica, a una onírica, el sueño dentro del sueño, en donde los habitantes del mundo onírico de Isaac carecen de memoria y la mujer que Marcos ama lo reconoce pero no lo recuerda. Con este juego, *Instantánea* busca recordarnos que en Honduras carecemos de Historia y que la realidad mata los sueños.

Antes Isaac Suazo publicó otro libro: *Anuncio de necesidades y razones*, un ejercicio de poesía y narrativa poética atrapada aún en lo existencial; *Instantánea* es el crecimiento del escritor que sale de los sentimientos para adentrarse en la locura de lo cotidiano. ¿Quién es capaz de explicar la razón que mueve la mano del asesino? Isaac lo hace y va aún más allá, nos retrata el orgullo que Goyo e Inés (los asesinos) sienten de su "obra social".

Cada novela es el retrato de la realidad que vivimos, en un momento específico de la Historia, en unas coordenadas determinadas del mundo. *Instantánea* es eso, la luz de un flash fotográfico que dispersa las sombras para mostrarnos el infierno.

Oscar Estrada,
Brimfield, febrero de 2020.

Dedicado a Lucía Montserrat
y a su hermana Janis Alicia...
mis fotografías perfectas.

"Y vuelve la necesidad de repasarme donde estoy,
si existe o no la humanidad… y si se ha visto hoy".

Silvio Rodríguez

Apelando a su amable consideración, se le solicita que intente imaginar este relato en alta definición y haciendo énfasis en el color rojo.

PRIMERA PARTE

Nos hemos perdido en un mar de sueños, ojalá pudiéramos devolverles el favor de distraernos de esta maldita realidad.

Capítulo I

Un destello blanco y potente iluminó el costal ensangrentado situado bajo el puente que une la avenida principal con el resto de la ciudad. La oscuridad hubiera sido total, de no ser por el flash de aquella cámara que sin pereza resplandecía cada tanto iluminando el bulto y proyectando a la vez sombras tenebrosas en las paredes empedradas de las columnas antañonas. La sangre dejó de ser una mancha en la bolsa, se estaba convirtiendo en un río carmesí que encontraba su cauce hacia una quebrada hedionda. En aquella media noche de luna llena, las nubes gruesas impedían la dicha de su brillantez y apenas se lograba divisar un leve rasgo de su claridad, por sobre las cabezas del equipo de levantamientos de cadáveres. Eran pocos hasta el momento, uno de ellos adivinó la localización de un cuerpo embolsado, guiado por la última centelleante exposición de luz, que continuaba captando imágenes de lo que para todos era una obvia escena del crimen.

Observar la tétrica estampa era parte del trabajo que realizaban aquellas personas. Hacían indagaciones y de vez en cuando hablaban entre ellos, a través de las mascarillas azul-pálido que hacían juego con las indumentarias plásticas que cubrían sus cuerpos. Se intuía en el ambiente cierto respeto por el trabajo, la concentración necesaria, el enfoque riguroso para detectar la mínima pesquisa. El panorama de luces y sombras que provocaban las contínuas centellas, despertaba en los investigadores una palpable solemnidad ante lo que hacían. Se sabía al menos, que alguien había decidido lanzar desde lo alto del puente un cadáver putrescente y encostalado al lecho seco de la quebrada, quizá por no contar con la suficiente creatividad para deshacerse de otra forma de él, o talvez porque quería dejar evidencia absoluta de su víctima.

Hubo una alteración en el clima. Empezó a llover y las primeras gotas se mezclaron con el reguero sanguinolento, haciendo más vivo el afluente que quería escapar de los flashazos, llevarse quizá algunas pistas que pudieran sumar a la investigación. Alguien decidió acercar las luces amarillas de su automóvil para tener mayor visualización del costal, se trataba de un detective recién llegado que parecía no contar con el tiempo para perderlo en procesos minuciosos. Se dirigió al saco, sacó una navaja del estuche en su cintura y la usó sin mayor grima para cortar la bolsa. El cadáver tieso y glauco de un hombre moreno, largo y descalzo quedó acurrucado encima de la tela. El detective buscó en el pantalón alguna identificación y no encontró documentos que dijeran de quién se trataba; las ropas del occiso estaban barnizadas de un color granate y la camisa evidenciaba roturas hechas con arma blanca. Al colocar el cuerpo en la tierra, ésta se adhirió a una espalda con múltiples incisiones. Su rostro dibujaba una mueca pálida, era la boca abierta y torcida en un ángulo de noventa grados. El cuerpo presentaba diferentes hematomas y raspones, evidencia de torturas. Tenía los puños cerrados y rígidos; lava de sangre seca se había pegado a la piel del rostro y las costras hacían de las mechas de su pelo, duras y largas telas negras. Sus ojos semi-abiertos y blanquecinos ocultaban la posibilidad de que allí antes existió perenne algún tipo de mirada… era imposible saber de quién se trataba. Sólo después de mucho trabajo el detective reunió la información que necesitaba y permitió al fotógrafo captar más imágenes. La refulgencia siguió cortando los minutos de aquella madrugada, las ráfagas luminosas estaban acompañadas de un pitido tenue que surgen desde el interior de las cámaras fotográficas, avisando quejumbrosas que guardaron una instantánea.

El equipo investigador continuó con su turno, tendrían que acudir a otro punto de la ciudad para indagar sobre otra escena de crimen. El cuerpo de aquel hombre desconocido terminó en otra bolsa y pararía en un cuarto frío esperando un eventual reconocimiento. Entretanto, las nubes negras sobre la ciudad proseguían regando una gris cortina de agua.

Capítulo II

Noches atrás se acostó pensando que quería soñarla de nuevo, pero debía primero combatir a las horas insomnes que malignamente se presentan desde hace algún tiempo en su habitación; además de llevar esa pesada tristeza en su alma, se fue a la cama con el libro que se encontró su padre en una banca del parque central y que nunca leyó, al ver el título pensó que tampoco podría con él: *El Camino hacia la paz…* ni quiso saber del autor. Ahora coexiste en una ciudad tenebrosa, amorfa y zigzagueante, vista de todo ángulo, un agujero —sino pregúntele a las montañas que la vigilan, centenarias testigas de sus mesuras y excesos— donde el olor verde de los cipreses de sus alrededores puede llegar a combinarse paradójicamente con el fétido oreo de las cloacas pestilentes, donde los visitantes pueden observar su mórbido y sutil perfil, para después contrastarlo con el reflejo de un rostro áspero, asimétrico, desgastado. Vive en una metrópoli de contradicciones. Por una parte se asemeja con sus casas de amplios salones y teja rojiza y con sus calles estrechas y entrecruzadas, a una ciudad colonial y esplendida de matices señoriales, pero tambien puede representar la más lúgubre y asfáltica realidad jamás contada. No es que sus callejones históricos o que sus sinuosos bulevares, o que sus barrios antiguos y ladrillados, ni que sus modernos edificios y residenciales opulentas sean objeto de viles argumentos o de vulgares juicios, incapaces de valorar lo magnifico de sus bondades. No, no se trata de eso. La percibe lúgubre, porque puede llegar a ser el anfiteatro de obras realmente siniestras. Sus habitantes son poros errantes por los que la ciudad expele retórica de convivencia y paz, cuando en realidad supura violencia y terror; cada hombre y cada mujer se vuelven contradictorios en sí mismos, pareciéndose a su quebrado entorno. Y luego van como desparramándose en sus barrios, en sus avenidas, en sus corredores, convertidos en ofrendas que alguien más dejó en un sarcófago empotrado en medio de seráficas cordilleras. Y ahí estaba él, un poro más, fumando un cigarrillo que le ayudase al menos a olvidar el libro, pero también a divagar dentro de la pesadumbre.

Guarda la imagen de ella en su cabeza, la mujer fantasma que se le aparece en aquel sueño, o mejor dicho, en aquellos sueños. Es la misma en todos, la divina mujer de tez blanca, con un lunar puesto al lado de una boca bermeja. La percibe mediana, de cabello negro que no le alcanza el cuello. Ve como con gesto delicado deposita su mechón en el arco de su oreja cada vez que éste pretende taparle el rostro —recuerda de ella ese gesto—. Cruzan miradas. Él, absorto, la nota desinteresada, mientras ella hace un giro y sigue comprando, toma una manzana y se ríe con el vendedor. También recuerda que la sigue por la acera, haciendo a un lado a los viandantes para no perderla de vista. De pronto ella se detiene, abre un portal, permite que la alcance, voltea y con faz evidente de enojo le propina una bofetada que él está dispuesto a recibir cada vez que ella lo considera conveniente.

Capítulo III

Eso le quedó del último sueño, es el mismo una y otra vez, aunque con pequeñas variantes. Quizá ahora sí estuviera dormido y en él pudiera abordarla, preguntarle algo nuevo, o como causa perdida decirle algo trivial o idiota solo para seguir con la costumbre, pero que sirva en última instancia para sentirla cerca... y no resulta así; continúa triste e impotente, aun despierto, tirado en la cama, viendo el agujero en el techo y agradeciendo que no llueve, si hay algo que por ahora puede agradecer, es que paró de llover. Unos minutos antes se había dirigido hacia la mesa donde había dejado las fotografías que hiciera en la mañana, en dos de ellas se adivina algo humano dentro de un saco y a un oficial de la policía señalándoselo y sosteniendo un pequeño letrero amarillo con el número ocho. En otra se puede ver a un inspector ocular desatando un nudo y se divisa una mano cadavérica que se desliza fuera de la bolsa. En contra de las instrucciones de su jefe, ha querido dejar de hacer fotografías de los rostros, aunque sea contraproducente para futuras pesquisas, piensa que con fotos o sin fotos las investigaciones se terminan estancando.

En su ciudad o más bien en su paisaje, como a él le gusta llamarle, se ha visto una escalada de actos violentos, entre asesinatos individuales y masacres; en los últimos tres meses ha dado cuenta de cincuenta y siete asesinatos de mujeres, además conoce que en el último año hubo mil diecisiete homicidios en casos de evidente limpieza social. También aparecen asesinados dirigentes de organizaciones y defensores de Derechos Humanos, líderes sociales, sin importar las edades, que después de matarlos, los embuten en sacos y tiran sus cadáveres en diferentes calles de la ciudad, sin ninguna moderación, sin que haya testigos o un solo indicio de quién o quiénes son los malvivientes que ejecutan tan nefastas acciones. Su trabajo se ha triplicado debido al volumen de muertes. Quince años en la Dirección de Ciencias Forenses han hecho de Marcos Lara un fotógrafo bien entrenado y cuenta con una privilegiada vista examinadora, símil de un gavilán en cacería.

Nunca cambió por nada su pasión por la fotografía, esto le llevó a trabajar en la calle o en estudios comerciales donde tomaba fotos de infantes y de sus familias, hasta llegar a realizar hermosas fotografías paisajistas y urbanistas para revistas nacionales. Los vaivenes de la vida le llevaron a estudiar cursos de fotografía forense, que mezclados con sus conocimientos previos le hizo plantarse bien una carrera. En el gremio reconocen su trayectoria y proyección en la reconstrucción de hechos con la toma serial de fotografías, esto le hace un recurso humano invaluable, casi insustituible para esa institución. Pero en lo personal no se ve así. Se cree una especie de "robot de madera" que duerme poco, que se levanta por las mañanas a tomar café amargo y a fumar su cigarrillo, que vive solo, en un apartamento del centro de la ciudad, donde le acompañan dos gatos: Lennon y McCartney, a quienes adora y espera en esas largas noches de celo. Se cree la última pieza del dominó, que cuando cae debe aguantar el peso de la penúltima y sabe que solo vive, más bien que resucita, a través de sus fotografías, aunque algunas de estas muestren el horror escénico de la muerte.

Marcos es un hombre alto entrado a los cuarenta, posee una fina musculatura pegada a los huesos, sus ojos son de un negro casi abismal, de pelo liso y cola de caballo; le acompaña un bigote y unas barbas embrionarias, diminutas víctimas de la navaja, alojadas en una piel curtida genéticamente; su nariz gruesa y apuntalada denota su sangre oriunda y un semblante altivo. Últimamente su rostro ha ido convirtiéndose en un monumento al desvelo, unos pómulos resaltados protegen las ondas cuencas de sus ojos, los que alojan a su principal característica: su mirada. Un instrumento óptico que lejos de posicionarla como la más atenta, es más bien penetrante e inquisidora. Sus manos son recias y carentes de debilidad, las que le han resultado ser dos palas para el trabajo duro, pero también le han servido como dos instrumentos sinceros para largar afecto. Su magnífica estructura ósea es cargada por largas piernas que dan cuenta de un andar lento, infiel reflejo del paso de las ideas por su mente. Y es que su proceder es contrario a lo que aparenta, es flemático, sutil y pausado; intuitivo e irreverente. Pero sobre todo, Marcos guarda un profundo amor y respeto por los demás, siempre y cuando no sea testigo de alguna injusticia. La gente puede considerarlo incorrecto en el vestir: usa jeans, camiseta y zapatos fuertes capaces de soportar sus habituales y largas caminatas.

En los fines de semana, cuando no trabaja en el laboratorio forense, carga su temperamento taciturno y se cuelga al cuello su cámara profesional y piensa que se arroja a la jungla de asfalto a fotografiar a la materia orgánica y no orgánica, a la gente de a pie, a la mercancía que se vende o se roban, a los rincones llenos de mierda del mercado, las axilas de las mujeres que levantan su mano para asirse del tubo en el autobús, la mirada perdida de algún niño desnutrido, las personas de las plazas que imaginan beber agua de las fuentes, los viejecitos que manipulan su bastón cuando se sientan en las bancas del parque, las cuestas empinadas de los barrios con casas de adobe y techos de zinc; toma fotos a los cerros llenos de casitas que se amontonan a lo lejos, donde un zoom imaginario le permite ver a las personas pujando por un pedacito de tierra y por llevar tortillas a sus familias. Capta imágenes de las piedras que a veces se mueven más que la propia gente, toma fotos de los árboles que no saben cómo actuar adentro de un centro comercial; se mete a esos suburbios donde los perros se bañan a diario y usan camiseta, donde las casas tienen portones eléctricos que se abren solos y las empleadas domésticas se diferencian por sus uniformes; toma fotos de calles exclusivas para vehículos, de letreros que dicen: "No hay Paso, Propiedad Privada" o "Está prohibido tirar basura 20,000 de multa"; de carteles que tienen leyendas como: "No traspase. Cuidado con el perro". "Este es un barrio seguro". "No moleste que somos católicos". "Mantenga su distancia, bebé a bordo". Va y fotografía largas filas en los supermercados, de gentes pensando en lo cara que está la vida. En su repertorio existen personas bostezando, el humo de los carros, las caries de los dientes, las canas de la gente, la muchedumbre de una peatonal, la soledad y el hambre pestilente a pegamento amarillo de los niños desamparados; los riachuelos cuyo afluente es un reguero de excremento que quiere escapar a la mar. Existen días que quiere fotografiar letras P para luego unirlas a otras letras de otros letreros; él cree que con esta letra empiezan palabras tan usadas y que la mayoría otorga poco significado: Plebe, Pan, Pendejo, Prisa, Paz, Puta, Pedagogía, Pentágono, Pesadilla, Pedofilia… Poe. Se aventura a la calzada solo para apresar instantáneas y realizar planos de eventos tan comunes y pasajeros que se esconden en lo ordinario del día, pero que en una fotografía son verdadero alimento para los que buscan robarle algo a la rutina.

Marcos desató sus nudos desde la adolescencia, no comprendía porque los demás compañeros se juntaban en grupos, no compartía los mismos intereses y se dedicaba a estudiar y a tomar fotos con la cámara que le heredara en vida su padre. No entendía el hecho de relacionarse con sus pares del colegio solo para pasar el rato. Lo que hacía era enfocar su lente al infinito. Desde entonces supo que no necesitaba más que su oficio para hacer contacto con los demás, por este medio les descubría y en cada imagen retratada decidía si eran suyos.

Eso le significaba todo. También se inscribió en la universidad donde adquirió ciencia, si no logró culminar una carrera en el alma mater, no fue por ser incapaz para enfrentar los salones de clase, más bien porque consideraba a los estudios formales algo banales y monótonos, prefiriendo el aprendizaje autodidacta.

Veintiún años vivió junto a su padre, hasta que éste murió de un infarto cuando se encontraba en casa; Marcos llegó de clases, lo encontró muerto y lo veló durante un día sin decirle a nadie, luego llamó a su vecina para sepultarlo en el cementerio más cercano. Descubrió y detestó el trámite para un entierro. Desde entonces no ha cambiado de apartamento, le gusta tanto esa casa, que ocupó el cuarto de su padre y el de él lo usó como laboratorio de revelación fotográfica. Antes disfrutaba del revelado con las cámaras de cartucho, pero estos dejaron de ser comerciales, sin embargo aún conserva la Nikon FA 1982 de su padre, con ese pequeño tesoro ahora disfruta poner su ojo en la mirilla, disparar un click e imaginar una foto en blanco y negro de Lennon posado en la ventana. La habitación donde duerme pertenece a una vivienda lóbrega, ambas regalan esa oscuridad que invita a meditar. Tiene vista a la calle aún empedrada del centro de su ciudad, donde ve también una que otra estrella por la noche. Los alerones de la casa vecina permiten entrada libre a los gatos y a sus novias, de vez en cuando las felinas van a parir a su cama desterrándole al sofá podrido de la sala. Ha dejado de un lado las mieles del consumo y compra lo necesario, pero sí de comprar se trata, obtiene con su salario equipo fotográfico, es decir cámaras digitales de alta resolución, manuales, mecánicas, pequeñas, grandes, automáticas y semiautomáticas, de todas las marcas y objetivos, se ha hecho de una computadora y el *soft ware* necesario con los que edita sus capturas, esas sí le llenan… sus capturas.

Colocó las fotografías del rollo de carne en una pizarra

de corcho, a pesar de sentirse morir, su habitual curiosidad no le abandonaba. Acercó una a otras del mismo tipo y allí se encontrarían entrelazadas con flechas de lana de distintos colores, al alejarse podía observar el dibujo de su ciudad, esta telaraña resultaba maleable sobre el mapa que señalaba los puntos donde se encontraron los cadáveres que últimamente había fotografiado. Una especie de nubarrón de ideas se le vino a la mente y comenzó a tejer mallas, disparó flashes, develó imágenes, casi imprimió cada una de ellas, recordaba cada punto y cada circunstancia. A pesar del dolor en su alma veía indicios, cadenas de hechos y volvía a imprimir imágenes. Al parecer había desarrollado una memoria eidética pero a él le gusta más el término memoria fotográfica; relacionaba los eventos con las iconografías, recuerda colores, olores e incluso retórica técnica de los inspectores oculares, todo lo amalgama, lo pone o superpone creando teorías, pero nunca una contundente, al menos una que hasta el momento le satisfaga. Así se puede pasar noches enteras, aunque esa noche se diferenciaba de las otras porque sentía que estaba muriendo… se muere y se odia, así como odia su insomnio, odia la sociedad y a su violencia, odia a esa abrupta y repentina sacudida de cuerpo que le pasa como corriente eléctrica justo cuando su mente cree que dormirá. Odiaba a ese día que sin percatarse le iba quitando la vida. ¿Pero qué podría hacer a las dos de la mañana? Sino analizar las imagines en su cabeza, esfuerzo dedicado a su camarada.

...De repente te encontrás en aquel mercado, un viento gélido te azota la cara, ves el vaho salir de tu boca, mientras que las personas gozan de un amanecer soleado a medias, van y vienen con bolsas llenas de compras en una especie de regocijo mañanero, a tu lado ves puestos de verduras podés escuchar a los vendedores ofrecer sus productos con soltura.

Hacia atrás y adelante hay más puestos de mercadería, tienen carpas de plástico que hacen las veces de techo, sostenidos por pedazos de madera delgados, todo en perfecto orden, uno al lado y enfrente del otro, nada parecido a los mercados de tu ciudad. Caminás un poco y ahora olés el pescado, ves ollas de mariscos cocinándose, el humo saliendo de las mismas y sentís una sensación de *déjà vú* que no te deja en paz. ¿Esta calle la conocés?, ¿has estado allí antes? Esta vez sentís frío, ves tu cuerpo y brazos cubiertos con un gabán gris, lamentás que no llevás tu cámara, algo te dice que la necesitarás. Continuás en dirección a la sección de frutas y unos niños pasan juguetones a tu lado, te provocan varias vueltas hasta marearte un poco y en el último giro, la observas de frente. Es el fantasma de nuevo, ¿Te encontrás soñando?...

Capítulo IV

Pasó apurado el café caliente por su garganta y tomó la rosquilla de chocolate para morderla, hizo a un lado la taza medio llena, terminó de escribir algo en un papel de servilleta, y luego vio una gabardina gris depositada en la silla de enfrente. Se entretuvo en la columna primera de un artículo del diario, titulado: "Contactos con el mundo material, ¿Es esto posible?" Continúo leyéndolo: "Es conocido por todos los seres soñados que nuestro papel inicia cuando "los del mundo real" duermen y sueñan, ante esto no es posible participar de sus actividades diarias cuando permanecen despiertos, sin embargo existen teóricos que afirman que es posible realizar contactos objetivos con ellos, siempre y cuando exista una conexión afectiva lo suficientemente fuerte que una al soñador y a su personaje"... Mordió la rosca y bebió otro trago de café, nunca ha creído estas cosas de ficción y se limita a actuar en los sueños como ha sido la voluntad de la energía que les dio vida. Lorena Bradford nació como todos los Seres Soñados que habitan el Mundo Onírico, esto es porque alguien en el mundo real la soñó; ella ha pasado de sueño en sueño desde el inicio de la humanidad, cambiando de escenarios e importándole poco las personas que la sueñan. Cuando esto pasa, hace su papel, algunas veces es protagonista y en otras es parte del personal de extras, en los ratos de vigilia de los seres humanos Lorena debería no existir, sin embargo los seres soñados viven una continua existencia gracias a la suma de los sueños en el mundo real.

Ella sabe de manera no consciente que El Mundo Onírico carece de las leyes que rigen el mundo material, no existen la causalidad y el efecto como un hecho asumido, las leyes gravitatorias simplemente pueden ser o no ser iguales a las del mundo real; obedece a circunstancias instintivas, de influencias mentales, espirituales y de otras aún desconocidas; se aleja de la realidad del universo material y se encuentra entre el estado físico de la dimensión como es conocida y otro paradigma al que ningún ser humano o ningún ser soñado tienen acceso. Es decir, que si ya es difícil explicar los términos de espacio y tiempo en el mundo de los despiertos, en el de los sueños es todavía más complicado, aunque presenta algunas similitudes: en los sueños el espacio no cuenta con altura, anchura y profundidad, estas dimensiones se manifiestan no por sí mismas, sino por el predominio del inconsciente colectivo reflejado en cada sueño. Allí el tiempo es multi-dimensional, no se necesita un número para contar cada intervalo, se aprecia nada más porque suceden eventos entre los intervalos; no existen recuerdos por lo tanto el pasado para ellos *no es*. Tampoco existe el futuro, ni siquiera es una posibilidad; lo que sí existe es un eterno presente percibido en momentos indefinidos que igual a los del mundo material, su percepción depende de la velocidad de los acontecimientos, en ocasiones pueden ser lentos y en otras acelerados, depende de la persona que sueña, del tipo de sueño y de las leyes antinaturales del mundo de los sueños. Allí realizan las mismas acciones que los seres humanos, debido a que existen como una proyección mental de estos, por lo que tienen los mismos intereses, gozan y sufren la vida de la misma manera, ven los mismos colores y perciben los mismos aromas o sienten iguales texturas en tanto alguien del mundo humano los sueñe. Los aspectos materiales de la realidad no tienen coyunturas, no son continuos, no existe cronología y la lógica científica concreta no explica los sucesos.

Lorena está bebiendo café, escribiendo, comiendo una rosquilla y leyendo el diario en un restaurante porque en el mundo hay alguien dormido y efectivamente soñando con ese restaurante, con la gente que allí se encuentra y con una mesera de unos treinta años, con pechos abundantes y caderas redondeadas. Lorena sospecha que el tipo del bigote ralo situado enfrente a su mesa es el soñador, que él vea a la mesera con ojos de lujuria se lo dice todo. Ha querido dejar a un lado la escritura y el diario, apurar de una vez el sorbo de café. Debido a una ley del mundo de los sueños cuentan con cierta libertad de decisión, es decir que mediante un relativo libre albedrío deciden como actuar en los sueños, se conoce relativo porque también dependen de las leyes antinaturales que los rigen.

Recoge con delicadeza la mecha de cabello y lo coloca tras su oreja, decide enrollar el diario e introducirlo en su bolso, llama a la dueña de los pechos abundantes y le pide la cuenta, mientras que el señor del bigote ralo la sigue con auténtico deseo carnal; quiere cancelar y cuando extiende la mano con el billete un brusco movimiento en el ambiente se lo impide, el señor frente a ella tiene los ojos blancos mientras que todo su cuerpo se sacude con violentos espasmos, estira las piernas hasta que parece gozar de un fuerte orgasmo seguramente inspirado en el ritmo sensual de caderas de la mesera. Lorena, un poco mareada por la sacudida de tierra dejó el restaurante y cogió la calle de un barrio chino. Mientras caminaba vio que a su lado volaba lentamente una mariposa, tan lenta que pudo ver con deleite su aurinegro aleteo, seguidamente vio pasar a su lado a un soñador niño moreno perseguirla y capturarla con su red.

La vida transcurre en el Mundo Onírico, la gente camina de un lado a otro en búsqueda de una aparente meta, la temperatura es agradable, los rayos del sol se dejan ver delicados tras los edificios, mientras que el cielo se torna naranja y surge un arcoíris de un espejo en la tienda de comestibles. Un autobús psicodélico se estaciona frente a ella y dos payasos salen apresurados haciendo malabares con frutas moradas, logra divisar que adentro olvidaron una jirafa mientras que el bus multicolor arranca repartiendo humo por doquier. Tras esta imagen una cuesta empinada y polvorienta la espera enfrente, se ve a ella misma de niña tomada de la mano de alguien, lucen cansadas y no muy contentas, algo se dicen que no descifra, esperan llegar pronto, mientras caminan siente que ama a esa persona, levanta su mirada y distingue a su madre, al menos eso es lo que cree. Seguidamente y en un santiamén es adulta de nuevo, solo que ahora flotan, su madre cogió alas y se despide diciéndole que volverá pronto, se siente triste sin saber por qué. Lorena ahora se toma la cara avergonzada por el origen desconocido de su sentimiento, solo sabe que es real o que pudiera serlo, su experiencia le dice que está sucediendo algo más y continúa flotando hasta depositarse en un parque, es una vereda con árboles pequeños a los lados, todo se vuelve gris y el ambiente se torna frío.

Ha cambiado de sueño. Unos perros ladran a lo lejos y se escuchan sirenas de una patrulla policial que ve dirigirse hacia ella, los de adentro estacionan el vehículo y salen, un policía le indica que se aparte y buscan a alguien. Ella, secándose una lágrima de la mejilla logra ver a una persona tras los arbustos y se los hace saber, el fugitivo huye en lenta carrera y los de seguridad inician persecución. Observa correr al fugitivo quien no avanza ningún metro a pesar del notorio esfuerzo que invierte, por lo que es capturado en segundos, la represión ilegal no se hace esperar, cada policía parece que suma veinte patadas en el cuerpo del muchacho, quien se revuelca en posición fetal tratando de esquivar el brutal ataque. Para el soñador, cualquiera que haya sido, las acciones fueron cortadas de repente, seguro que alguien se despertó a raíz de la pesadilla y agradecía por saber que estaba en casa y que solamente pasaba por un sueño.

Este corte repentino de sucesos la posicionó en un tren,

al parecer éste se escabulle veloz por una pradera, la ventana le muestra una noche adornada de luces que se estiran hacia atrás dejando estelas de distintos colores, se ve entregando su boleto al encargado; sabe que debe llegar rápido a la Estación de Lisboa, tiene enfrente una computadora y un proyecto por entregar, solo quiere tener el tiempo para culminar, pero en ese preciso instante ve entrar al cubículo a una señora con unos perros enormes y sabe que esto le causará más que una alergia. La señora además de buena gente es una dama del buen conversar, quien al momento de ver a Lorena intenta disculparse por los canes y por la cantidad de maletas que porta. Lorena presiente que este momento será para ella un tropiezo que le hará perder tiempo y dinero. Pero lo que no sabía Lorena era que esa señora estaba en el último de sus sueños y que moriría antes de llegar a sus destinos. Algo corta el sueño y Lorena no recuerda ya al señor lujurioso del restaurante, a la camarera de los pechos abundantes, ni al niño trigueño persecutor de mariposas, no recuerda al joven golpeado por los policías, ni a la recién señora de los canes.

De improviso, así como terminó el anterior ahora pasa al siguiente sueño; le ocupa un mercado de frutas y verduras, también venden mariscos congelados y en sopas, la gente recibe el sol del amanecer que no calienta lo suficiente, todos marchan abrigados, ella luce bufanda roja y abrigo de igual color, ha decidido sacarse los guantes para asir mejor las bolsas de compras. Piensa que antes de ir a su librería siempre va a ese mercado a comprar lo de la semana, cuando camina siente que algo le molesta en el tobillo, abre el zíper del botín y saca una piedra que insolente fue a parar a su pie izquierdo. Lorena en ese sueño es de una rara hermosura… algo quiso que fuera delgada, de cuerpo mediano y torneado, con piel láctea; su cabello negro luce liso y recién cortado no más abajo de su cuello, pareciera que ese pelo baila al ritmo de su sonrisa y la mantiene siempre develando vibras positivas; es dueña de una nariz recta y breve la cual protege a una boca bermeja y esponjada; sus ojos son cristales castaños que brillan almendrados bajo un par de cejas pobladas y delineadas; y sumado al repertorio exquisito de su rostro, el dibujo de un lunar acompaña su boca, el que parece ser una virgulilla que pausa las frases que pronuncia.

Ella luce bella y radiante ante los rayos solares que tenues se escabullen entre los puestos de frutas, toma una manzana y la palpa, el vendedor le coquetea y ella recibe los cumplidos, no puede hacer menos que eso, porque está dispuesta a dar su mejor actuación, cree que forma parte del personal de extras, que su papel es hacer reír y hacer sentir mejor a la gente, no le importa quién es la persona soñadora, ni trata de buscarla, solo sabe que este sueño la hace feliz. Unos niños pasan en veloz carrera a su vera, gritando y tratando de atraparse unos a otros, se hace una especie de barullo entre las tiendas de frutas, toma otra manzana, la guarda en el bolso y sonríe nuevamente con el vendedor. Logra ver unos metros adelante que los niños dan de vueltas al hombre del abrigo gris, éste mareado trata de no caerse y haciendo un movimiento torpe logra aferrarse de una carpa entre sorprendido y apenado. Lorena acostumbrada se coloca una mecha de pelo en su oreja, cree que en verdad se vio torpe y trata de hacerlo sentir bien regalándole una sonrisa. Percibe que el hombre del abrigo gris la ve de forma extraña, aunque ella no sabe que lo ha vuelto a encontrar.

Capítulo V

El conglomerado se hacía mayor, todos los transeúntes parecían que tenían en su destino estar tras la cinta que impedía acercarse más a la bolsa y a su contenido tétrico. Era de mañana, en el centro de la ciudad las bocinas de los automóviles parecían entonar un himno a la muerte y las personas, las más desinteresadas, se dirigían a algún lugar como trapos viejos tirados por el viento. En cinco minutos unas cincuenta gentes se posicionaron para ver el espectáculo de un supuesto cadáver embolsado en medio de la avenida principal del centro. Cada grupo étnico, religión y partido político estaban representados en ese gentío, si alguien pasara lista podría hasta adivinar su procedencia: son gente de a pie, desempleados, buhoneros, trabajadores de media jornada, personas que quizá cuentan con algo de tiempo para después continuar con lo ordinario de sus vidas… son los más olvidados por los gobiernos. Lo que también tienen en común es que cualquiera de los allí presente pudo haber sido un encostalado. Dentro de los curiosos se encontraban dos monstruos que se camuflaron de gente. Ellos observan detrás del círculo formado por la cinta amarilla, mientras que los demás se arremolinan curioseando como zompopos en una montaña de azúcar.

—De ese es que le platiqué, el de gabacha blanca y cola de marica, el que tiene una cámara colgada, no para de hacer fotos de todos los trabajitos. Ayer lo seguí hasta el bar, donde junto a las mujeres les escuché decir de todo.

—¡Uhmm!, y parece que nos está viendo como sí supiera y mirá como que también está sacando fotos de la gente, mira vos, ponéte los lentes y la gorra por si acaso.

—Lo vengo siguiendo desde hace un mes y ahora sí estoy seguro que algo se trae.

—Estos no parecen pero sí son, entre más raros más peligrosos.

Una mujer con una bebé en brazos grita en medio del gentío —¡Quítense periodistas basuras que no dejan ver!

Provocando que casi todo el grupo cercano se riera como que si en verdad se tratara de un chiste, la mujer les devolvió el gesto con una carcajada nasal que despertó a su cría. La calle se vio reducida a un solo carril y los conductores tienen tiempo hasta de estacionarse y salir del automotor para también ver el cuadro matutino cada vez más común en la urbe. Uno de los individuos camuflados de gente se hace llamar Goyo, es el jefe de Inés, quien aunque con nombre de dama no lo es. Es probable que estos nombres que dicen tener tampoco sean los reales.

—Mire Goyo, allí está mi Coronel dando declaraciones a los medios.

—¡Cállate pendejo que te van a escuchar!

Goyo e Inés observaban al hombre que tomaba fotos de la escena, cada paso suyo era analizado por ellos, lo vieron dirigirse al bulto y tomar más fotografías, lo vieron intercambiar palabras con el señor gordo de bigote que comía un pan y también con el agente de policía, lo divisaron acercarse al límite del círculo, lo tuvieron cara a cara mientras él se agachaba a tomar fotos de las huellas de neumáticos en la calle. Mientras que Inés adoptaba una postura de perro de pelea y Goyo se ponía lívido, bajando la víscera de la gorra para que no le miraran los ojos. Lo vieron regresar al punto principal de la escena y señalarle al señor gordo, las cámaras de video situadas en lo alto del edificio de enfrente y a las del semáforo en el cruce de la avenida. Ellos le siguieron el gesto, volviendo a ver hacia el punto al que señalaba. Nadie de los curiosos notó las pesquisas del hombre de la cámara, porque no les interesaba, estaban allí por el saco pintado de sangre que contenía un cuerpo muerto, nada ni nadie los podía alejar de ese objetivo. Goyo e Inés hacía unas tres horas habían cumplido con el suyo.

Continuaron siguiéndolo con la vista mientras regresaba a situarse de frente en la parte trasera de la camioneta, él parecía sacar fotos del gentío, se escondieron detrás de unas personas, para no ser captados y lo seguían observando, él yacía arrimado al carro con la vista al vacío, lo que percibieron como una verdadera amenaza. Inés en su mente le repartía unos macanazos en el rostro, le envolvía la cabeza con una camisa y ayudado por otros compañeros le echaba agua en la cara, el fotógrafo no se le podía escapar; una sonrisa burlona se le salió de la comisura derecha de la boca, dejando escapar un "hijueputa" que la señora con la cría escuchó claramente. Mientras que Goyo, el más analítico, pensaba que "a ese tipo de escoria hay que eliminarla, pertenece al tipo de gente que se dedica a que el país no salga adelante, porque defiende a maricas y a bochincheros. Esa clase no sabe la importancia de la labor que le han encomendado, la de sanear al país de lacras y con eso que se pongan a investigar ponen en peligro su misión"... La formación de barracas ha hecho de ambos un cuerpo mecánico, incapaz de pensar por sí mismos y no se enteran que el sentido de cuerpo que aprendieron no es más que un esquema de alienación, por el que también fueron víctimas sin saberlo y finalmente los convirtió en instrumentos de cacería y de muerte.

Un señor de camisa azul dice gritando:

—A estos los matan porque son delincuentes, ya van a ver que no tardan en decir en las noticias que era marero o ladrón, es que solo así quieren.

Otro le contesta:

—Pero es que también sabe porqués, porque andan en verguellos políticos, quieren hacer lo mismito de Venezuela, ¿Y para qué? mejor estamos como estamos, mire que allí se hace fila hasta para ir a comprar tortillas, mejor viejo conocido que nuevo por conocer, ¿Verdá?

Inés, al escuchar el último comentario sintió como si algo en el pecho se le brotaba —quizá un posible corazón—, era por no poder decirle a esas personas que él era el escogido por Dios para ser el autor de esa gran hazaña, de liberar al país de los indeseados. Se sentía una especie de héroe aun no reconocido. La calle ahora se encontraba bloqueada por más curiosos, ningún automóvil podía pasar sin que la gente insultara al conductor que se le ocurriese cruzarlo; lo que fue para vehículos ahora era una peatonal donde las vendedoras aprovechaban el momento para poner sus puestos de baleadas y café caliente, donde alguien vendía discos pirateados y ofrecía narcocorridos, los lustrabotas hacían el día con los señores encorbatados que se habían fugado de sus oficinas para ir a ver con los propios teléfonos celulares la comidilla del momento.

Han llegado los señores de inspecciones oculares, esto causa un revuelo en la multitud porque a algunos les trae a la memoria aquellas imágenes de series gringas donde ponen letreros amarillos con números en toda la zona, y porque piensan que son los encargados de abrir de una vez por todas las bolsas de los muertos. Se arremolinan más y más queriendo pasar la cinta amarilla, alguien dice que logra ver una mano fuera del saco y todos comentan sobre el suceso. Los periodistas dentro de la escena del crimen acercan sus instrumentos de captura a la supuesta mano, queriendo captar eso y algo más del cuerpo, mientras que un agente de policía trata de alejarlos. Acto seguido un inspector ocular cayó al suelo despavorido al notar que después de su último movimiento dos cuerpos salían del costal develando un manantial sanguinolento. Goyo e Inés gozaron en silencio por los últimos acontecimientos, saben que han logrado su meta, creen que el pueblo allí aglomerado finalmente les reconocerá por sus acciones de querer salvar a esa gran metrópolis, a ese gran país... mientras seguían observado los movimientos de aquel fotógrafo.

Capítulo VI

Corrían los meses finales del año 1993, el pueblo en su mayoría aún no comprendía que el presidente saliente había iniciado el derrotero terrible de entregar la ya débil economía del país a los bancos internacionales imperialistas a cambio de dádivas personales y una que otra pequeña inversión a las empresas nacionales. Las medidas económicas encomendadas por el Fondo Monetario Internacional, provocaron la caída de la moneda local y aumentaron los precios de los productos que consumía el pueblo. Los negocios amañados que mantenían los banqueros y los grandes empresarios con el gobierno, les permitía volverse más poderosos y crear concesiones de inversión a empresas multinacionales, sin que estás pagaran impuestos o retribuyeran a los intereses de la nación. El gobierno entrante iba a heredar los vicios como era la costumbre de los últimos quince años, avalando los negocios corruptos sin meter las manos legalmente, todo para continuar el latrocinio y cumplir con el turno. El alcalde de la ciudad, doctor de profesión, hacía de las suyas hurtando equipo de los hospitales públicos para montar clínicas privadas, donde obligaban a los pacientes a asistir y practicarse las resonancias magnéticas y ultrasonidos, quienes ignoraban que estaban pagando, los que podían, por un servicio que originalmente debió ser gratuito.

En el paisaje se percibía una especie de letargo en el movimiento popular, todos suponían que era un producto normal de la caída del muro cuatro años antes. Está sensación de vacío ideológico en la izquierda del país creó un débil bloque de oposición y fue aprovechado por la oligarquía a través de los partidos políticos tradicionales; montando otros partidos de maletín para crear la sensación de democracia y así fueron naciendo nuevos imperios familiares; mientras que los grupos disidentes perdían fuerza, se veían reducidos a pequeñas células de formación política en la universidades y colegios públicos. La juventud de entonces fue la llamada a no dejar morir la resistencia contra esa escalada de corrupción de personajes de cuello blanco. Iniciaba el neoliberalismo en el paisaje. Las posiciones políticas estudiantiles desde dentro de las aulas hacia las calles impidieron que murieran las ideas revolucionarias y valientes a pesar de la poca cobertura de los medios de comunicación y la inexistencia del internet y sus redes sociales.

Marcos acababa de cumplir veinte años y era estudiante de sociología de la universidad estatal. Era conocido como el muchacho raro, que acostumbraba presentarse a las reuniones de lectura solo a escucharlas sin emitir opinión alguna, solo de ser necesario lo hacía con contundencia. El estilo hippie a los setentas y la cámara en su morral eran su principal distinción. Nuestro amigo Marcos se interesaba más en devorar libros y en ser aprendiz de fotógrafo que en seguir la rutina académica escolástica. Su asistencia a clases era un mero pasatiempo que ponía contento a su padre, de vez en cuando le llevaba el historial académico donde reflejaba las unidades valorativas alcanzadas, que sin esfuerzo mantenía en índices que cualquier estudiante dedicado envidiaría. Escribía artículos de concienciación política en las revistas estudiantiles, no se dejaba engañar fácilmente por los medios tarifados y así vivía su cotidianidad, yendo y viniendo de las clases a su casa. Ese día llegaba temprano, observó un movimiento poco común frente al portal de su casa y a un par de personas acarreando cosas desde un camión; imaginó a un nuevo vecino y pensó que ojalá éste no fuera el típico maltratador de mujeres que solía llegar a alquilar el apartamento de al lado.

—¿Cómo te fue hijo?- su viejo desde la ventana en lo alto, lo saludaba con un efusivo y extraño recibimiento.

—Bien, ¡se están pasando de nuevo!

—Subí que te voy a presentar a alguien.

—Voy —contestó Marcos después de hacerle una foto al rostro del hombre que halaba las sillas.

Marcos guardó su cámara en el morral subiendo las escaleras, ya su padre lo esperaba al final del pasillo con una sonrisa de oreja a oreja. Algo en él le parecía poco común. Pensó que la última vez que lo vio actuar así fue cuando se gradúo del colegio e invitó a comer a la directora de su instituto. Recuerda que esa vez lo tomó por sorpresa y en esta ocasión no estaría dispuesto a recibir a extraños tan fácilmente.

—Te presentó a Cecilia, es la nueva vecina y ella es su mamá. Su papá sonriendo le mostraba a sus coinquilinas.

Marcos quedó impactado por la rareza de aquella chica llamada Cecilia, nada en su cabeza lo hubiera preparado para dar frente a tal divinidad. Logró decirles un "hola" a secas, para abrirse paso despavorido a través del pasillo hacia su recámara. Mientras que la nueva vecina, sonreía dejando ver los dientes imantados por los aparatos odontológicos. Una vez en su habitación, más que ansioso puso a prueba la memoria fotográfica que aún creía consolidándose y cerrando los ojos la recordó usando una coleta, por lo que imaginó que sus cabellos cuando sueltos eran idénticos a las corrientes de un rio largo y calmo, cuyas aguas reflejaban los rayos solares. La vio usando lentes grandes y cristalinos, más abajo existía esa sonrisa metálica y bien formada gracias a los frenillos. Era espigada como una viga de caña, suponiéndole un mismo sabor. Cree que lucía una camiseta hecha nudo en la cintura, dejándole ver un ombligo casi mágico, era una fosa ceremonial heredada de antiguas deidades… pero también ajustando sus pechos que a pesar de ser dos panecillos delicados se dibujaban tras la tela de algodón como dos imponentes montes marmóreos haciendo erupción. Recuerda que usaba un short de mezclilla ajustado en cada pierna, ensalzando largas beldades serpentinas. Le parece que usaba zapatos deportivos. No. Cree que son sandalias. Y piensa qué mal memoria tiene. Ahora estará obligado a ver si son sandalias, porque si lo son, le gustaría tomarle una foto a los dedos de sus pies, porque sabe que son pequeñas lanzas de ternura, salpicadas de colores y encantos. Se recrimina el por qué no observó sus pies. Se arma de valor para salir de nuevo, al mismo tiempo escucha risas en el pasillo y piensa que él es la causa. Vuelve a dejarse caer y la valentía lo abandona. Las voces en el pasillo se despiden y se oye el sonido de la puerta cerrándose.

—¿No creés que es simpática la muchacha? —le preguntó el padre al otro lado de la puerta.

Marcos no respondió.

—Me parece que aunque habla bastante, ustedes pueden llegar a ser buenos amigos. ¿No te parece? Tiene 23 años y viene a estudiar teatro. La mamá no se puede quedar y me la recomendó para estar pendiente de sus necesidades. Yo creo que podés poner de tu parte para conocerla y a ver si…

El padre no continuó la frase con un propósito evidente, dejando en el aire una sugerencia que consideró poco usual en él. Desde entonces Marcos le escucharía cientos de veces insinuar alguna posibilidad de emparejamiento.

"…Sí, mirá que está solita… mirá que está bien bonita la cipota… es bastante inteligente al parecer… si solo dejara de hablar un momento para escuchar a otros…" Serían las frases más frecuentes del progenitor.

Marcos no se referiría a Cecilia en la mínima charla con su padre, se limitaba a escucharle y dejar que el viejo no perdiera la esperanza de que su hijo algún día emparentara con la vecina. Aunque Marcos siempre que podía, y sin que su padre se enterara, buscaba la manera de encontrarse con la espigada estudiante de teatro, escuchaba los pasos de ella por las gradas y abría la puerta para que lo divisara. Sin embargo Cecilia no necesitaba tanto protocolo, ella siempre los buscaba, les llevaba platillos de sus comidas y a la primera ocasión del día les atiborraba con miles de palabras, hablando de todo un poco, ampliando estériles monólogos que Marcos en otras personas no soportaría ni diez segundos.

Ella solía externar opiniones rebeldes contra todo lo que significara autoridad en un sentido más de contraposición, sin tener bien dirigidos sus argumentos. Marcos veía en ella una especie de alumna, aunque fuera mayor que él, cada vez que podía le prestaba artículos de revistas que explicaban el porqué de las relaciones desiguales de poder en el mundo, para que ella encontrara una ruta más organizada de lucha. En uno de esos tantos días, Cecilia se le acercó, ella siempre vestida con colores exuberantes dejando mostrar las curvas sinuosas y hechizantes de su cuerpo.

—Marquitos, te devuelvo la revista, me parece interesante eso del materialismo dialéctico, otro día me explicás más sobre eso, pero hoy te molesto para que me digas algo, ¿vos creés que esta calzoneta me queda bien o le bajo un poco más?

Enseñándole una pierna que supo unida al glúteo no solo por lo que él conocía de las clases de anatomía, sino porque objetivamente se la estaba observando. Quedó como siempre, sin voz. Movió su cabeza de arriba a abajo, como si un maleficio le permitiera ser halada por hilos invisibles.

—Te pregunto porque hoy tengo una visita y no quiero dejar nada al azar, te dejo también estos fideos que cociné y ya sabés cuando querás podés llegar a comer más, si es posible así, ¿qué creés?, ¿qué esto está bien?, ¿no me estaré pasando?, es que a veces me parece que la gente sale corriendo cuando me pongo un poco así como soy, pero mirá lo que te puedo decir, es que me gusta ser auténtica, eso es algo que en casa de mi madre no se puede, al menos acá yo soy quien soy y nadie se mete conmigo y me parece que las clasecitas de teatro me están ayudando a reencontrarme con quien verdaderamente soy. ¿No está tu padre? Me encanta tu viejo, no para de estar pendiente de mí y mi madre me dice que le pasa hablando bien de mí. Y vos no te quedás atrás, sos también bien lindo conmigo. Así que bueno, gracias por tu opinión, me ayudó bastante, me devolvés el plato porque mi madre me mata si lo pierdo, yo sólo quiero que los probés y más tarde me lo llevés para que no se me olvide, un beso. Y ya sabés, me gustaría seguir aprendiendo de la dialéctica y todo eso.

Marcos quedó con el plato de espaguetis humeantes en la mano, víctima de la sensación cándida del beso de Cecilia en su mejilla, aplastado por el olor a loción de rosas que dejó por toda la estancia. A Marcos ya no le importaba más que su vecina hablara por hablar, no le importaba que nunca lo escuchara, no le interesaba que ella se vistiera como una especie de extraterrestre multicolor, ni que ella aún no tuviera la mínima idea de la lucha de clases y tampoco que él se fuera al mismísimo infierno, sin creer en él, por escoger verle aquellas dos montañas de carne que tenía por trasero y querer tocárselo al menos por una vez, porque su mente virgen y adolescente entendía que era la última oportunidad de disfrutar sus mieles gráciles y deleitantes. Esa misma noche Marcos decidiría actuar, pensó que las circunstancias creadas por la vecina eran el convite para que él la visitara; el pretexto perfecto era la entrega del plato y la charla sobre el materialismo dialéctico. Y ni hablar de la muestra de su trasero. Estaba más que claro y no dejaría que su habitual tendencia a no relacionarse con la gente le quitara esta oportunidad.

Después de comerse la exquisita pasta, darse una ducha de agua y perfume se dirigió plato en mano al apartamento de Cecilia, cuya puerta se encontraba entreabierta. Al entrar sintió una mezcla aromática a incienso de canela y humo de cannabis, lo que estimuló más sus sentidos. En la sala encontró sombras alargadas esparcidas en la cama, gracias a la lámpara de esquina; escuchó que "Wish you were here" sonaba en el cuarto contiguo y el instinto de reproducción lo llevó a pensar que esta era la mejor manera de perder su longeva virginidad. Separó la cortina que impedía ver el fondo y se encontró con una silueta difusa moviéndose en el lecho, quiso enfocar mejor su visión y el acto reflejo de sus pupilas impidió que se abrieran de inmediato provocando un segundo más de tardanza en lograr su objetivo; hasta que al fin encontró lo que su puberta vista buscaba. Se trataba de Cecilia y otra mujer. Ambas desnudas, tocándose lo más íntimo de sus almas. Marcos se dio la vuelta queriendo no mirar más, deseando salir cuanto antes del apartamento.

Su intento de entregarse completamente a alguien había sido reducido a una piltrafa de vergüenzas y no quería volver a ver atrás. La necedad de probar los candores de aquella deidad habían quedado esparcidos, más bien desaparecidos en el suelo. Supuso que su cuarto le sería insuficiente para contener toda la pena que sentía, por lo que corrió calles abajo cuanto más rápido pudo, unas lágrimas de enojo consigo mismo le brotaban de sus ojos, esos que minutos antes y por orden suya vieron para su desgracia dentro de la maldita habitación. No se perdonaba nada, se achacó mentalmente todo lo que pudo, mientras seguía corriendo, ya ni el cansancio le impidió dejar de pensar en lo inocente que había sido o en lo idiota que era por pensar que todo estaba servido para estar con su vecina. Pudo parar de huir. Se dejó caer en las baldosas del Gran cine Variedades y empezó a extrañar su cámara, debido a que sabía de la luz esplendida de las marquesinas sobre los rostros lívidos de los peatones, quienes fueron cada vez menos, a medida que avanzaban las horas. Quiso dejar a un lado la vergüenza e inicio un proceso de acomodamiento emocional; sus ideas fueron cada vez más lógicas y apuntó por volver a casa. Sin mucho esfuerzo había decidido no dirigirle la palabra a la vecina.

Capítulo VII

Esa mañana el despertador pareció sonar más fuerte que nunca, la cabeza de Marcos aún se encontraba en otra dimensión y no pudo menos que odiar su despertar. Prometió que nunca más mezclaría pastillas para dormir con alcohol y se levantó de la cama con un rápido impulso provocándose cierta sensación de mareo. Se tomó la testa con sus trémulas manos y decidió sentarse en la orilla de la cama mientras se le conectara algo en el cerebro. Un viscoso reflejo de su estómago le visitó la garganta, dejándole una sensación amarga y caliente que también le llenó la boca. Los ojos se le atestaron de salitre y la suma de estremecimientos le hizo devolver parte de la flema estomacal otras veces abundante. Iniciaba el nuevo día con la misma actitud robótica con que suele desenvolverse en la rutina mañanera; piensa que su habitual insomnio lo matará tarde o temprano. Enciende la radio, ubica el dial del noticiero matutino, el locutor proporcionaba la hora y daba entrada al reportero de las notas policiales. Marcos no quería ir a trabajar, pero lo que escuchó en la radio lo alertó:

—Como bien usted lo adelantaba licenciado, y así como hemos estado informando desde la semana pasada, el día de hoy a las seis y treinta de la mañana, una llamada anónima ha alertado a los cuerpos de seguridad sobre el hallazgo de otra persona muerta a inmediaciones del parque central. Y como se han venido repitiendo los hechos, la misma se encuentra dentro de un costal, suponemos que en posición fetal, atada de pies y manos. Y como es ya costumbre nadie en el lugar ha servido de testigo, nadie ha visto nada, "como es la costumbre"... y me encuentro con el Oficial de la policía militar que está resguardando la escena del crimen, mientras miembros de la

Dirección de Ciencias Forenses se apersonan al sitio y así dan inicio con las respetivas investigaciones. Coronel, ¿qué nos puede decir del hallazgo?

—Primero que todo agradecer a este medio radiofónico por permitir informar sobre los hechos en cuestión, y adelantar que la policía militar está siempre atenta y vigilante ante estos crímenes y que se están haciendo las averiguaciones que corresponden.

—¿Pero qué puede informar sobre estos asesinatos que al parecer tienen indicios similares a los encontrados con anterioridad?

—Nada más decirle a la sociedad que no tenga miedo, ningún temor de denunciar este tipo de crímenes porque con la ayuda de la ciudadanía vamos a parar la comisión del delito y decirles que todo depende de cómo se vean las cosas…

Marcos pensó lo mismo de siempre, que la Policía Militar nunca daba información veraz y contundente por dos razones: la primera es porque la mayor parte del tiempo no la tienen y en segundo lugar porque no les conviene… Bostezando, se rascó los testículos y se dirigió al baño.

—…Gracias señor oficial, bueno licenciado, así amaneció de nuevo, con otro asesinato en las mismas circunstancias a los que hemos reportado anteriormente. Volvemos al estudio recordando que estamos en la campaña de "regalemos una sonrisa para la paz"…

Al salir de la regadera se encontró lleno de un ánimo distractor, olvidó por un rato la resaca, a esas malditas campañas por la paz, los actos violentos y también a aquella bella mujer que en sus sueños le abofeteaba de manera positiva.

—…Volvemos al estudio, y allí está pues… otro muerto más en la capital… ¿hasta cuándo van a parar?.. y díganme algo sobre las investigaciones... que alguien nos explique… vaya usted a saber… vamos a unos comerciales y de regreso seguimos con las noticias del deporte nacional e internacional.

Se preparó un café amargo con la intensión que el despertar no fuera efímero, sabía que tenía que llegar primero a la escena del crimen para evitar que los borradores de pistas, que ya sea por ingenuidad o complicidad hicieran de las suyas. Al parecer, el café no fue suficiente y encendió un cigarro, sirvió leche a los gatos, abrió la ventana para que estos salieran y no defecaran de nuevo en la alfombra y pensó en buscar su teléfono celular, aunque no lo hizo. Al fondo se escuchaba un comercial sobre una tienda de calzado y procedió a vestirse con la camiseta y el pantalón jean descompuesto, introdujo su cámara personal al morral, junto a la tradicional gabacha blanca con el logotipo de la Dirección de Ciencias Forenses.

Salió del apartamento bajando por las escaleras apollilladas, devolviendo una ojeada hacia la dueña del edificio quien le había obsequiado una mirada de pocos amigos, ella pensaba que —de no ser buen pagador de renta, ya lo hubiera puesto de patitas en la calle junto a esos mugrosos gatos. Pudo identificar el sitio de los hechos debido a la gente curiosa que se arremolinaba sin traspasar —no ha propósito— una cinta amarilla que decía de maneras consecutivas: "POLICE LINE DO NOT CROSS", como si el gentío realmente comprendiera ese idioma. No tuvo problemas con llegar caminando ya que su casa se antojaba cercana, bajando una pendiente bastante empinada doblando tres esquinas, pasando por la calle estrecha que lucía aún más por el frecuente atolladero de carros, bastando ver a su derecha para divisar la muchedumbre de trapos viejos. Seguidamente se colocó la gabacha y sacó de una de las bolsas el carné de identificación, se dirigió hacia la cinta amarilla y profanó el círculo que formaba, un agente de policía lo detuvo y al ver la credencial en su pecho le apartó la mirada. Su jefe, un hombre de pequeña estatura con panza voluptuosa y bigote de cepillo había llegado, comía un pan con carne que sin disimular sacaba de un recipiente plástico.

El jefe, cuando lo vio venir, le grito a la distancia:

—¡Marcos, por fin llegaste! ¡Mirá lo que te dejaron! —Y le señaló el saco que contenía el cadáver.

Instintivamente tomó su cámara fotográfica, cuya correa colgó en su cuello y como si se tratase de un gavilán en búsqueda de su presa, lanzóse en veloz picada haciendo maniobras aéreas hasta encontrarse pulsando el botón de captura. Primero tomó planos generales haciendo relaciones de la zona, de edificios aledaños, de los puntos de venta, tomaba fotos hasta de las señalizaciones de tránsito y de los semáforos, que en un mini segundo no solo se depositaban en la *memory card* de la cámara sino también en la que llevaba integrada en la cabeza. Poco a poco se acercaba al bulto que formaba el hombre muerto, porque pensó que era un hombre debido al tamaño de la bolsa, que aun en posición fetal lucia como de un metro ochenta.

—Es difícil encontrarse en este país mujeres tan altas —se dijo.

Después hizo imágenes del suelo, aunque podría parecer que le tomaba a la nada, pensaba que cada centímetro de tierra arrojaba pistas. Intuyó unas huellas negras de neumáticos tatuadas en el asfalto y fue a fotografiarlas, casi vio a la camioneta en la que trasladaban el bulto, imaginó el semáforo en un rojo centelleante madrugador; olfateó una foto de la cámara de video arriba del semáforo, una tras otra cerrando y abriendo el obturador. Se acercó a sacar específicamente imágenes del saco, de los nudos, de las correas, de las marcas de sangre y de todo lo que pudiera contribuir con la investigación. El equipo de inspecciones oculares aun no llegaba dándole tiempo para relajarse en la escotilla trasera de la camioneta del jefe frente al gentío, de donde comenzó a observar y escuchar a las personas que curiosas no abandonaban el perímetro.

Marcos los veía a cierta distancia, aun con la vista de gavilán viejo podía distinguir que gozaban del espectáculo…

algunos ni se inmutan, bromean y ríen por el show, juegan a los detectives haciendo dictámenes de cómo y por qué sucedieron los hechos, señalan los puntos de sangre y los hoyos del saco que están destinados a dejar ver los restos. Alguien del grupo asume que el hombre era delincuente y que se lo merecía, otra persona dice que es porque andaba en cosas políticas. Todos allí tenían un móvil que poner en la mesa. Marcos cree que esa gente satisface sus sentidos y el morbo envuelto en una especie de naturalización inconsciente, que a diferencia de él, atiborran de imágenes violentas sus cabezas solo para justificar su pobreza espiritual. Olvidan que el del saco era una persona con ideas propias, que tenía un corazón latiendo en el pecho y tal vez era padre de familia, no se encuentra allí porque así lo quiso, sino porque unos dizque seres humanos lo golpearon, lo capturaron y asesinaron mediante viles métodos, lo ataron y metieron en el saco para dejarlo como perro muerto al lado del parque central.

Todo esto no lo ven, porque miran nada más al saco y arman cualquier justificación con tal de seguir mirándolo, tal vez obsequiando razón a la criminología mediática de la que sin saberlo son presa habitual. Cree que dentro de esa multitud no hay nadie que ame la vida, no pueden amarla, porque veneran el culto de la muerte. Piensa que desenfrenan sus sentidos motivados por un hambre de venganza heredada o ganada, que aumenta cuando se dirige hacia todos, en una especie de "sálvese quien pueda". Tampoco se enteran que quienes cometieron el horrendo crimen gozan porque ellos se encuentran tras esa tira amarilla observando un saco, los sanguinarios cumplieron su objetivo además de deshacerse del cuerpo, también reunieron a cientos de seres mecánicos que presencian sus actos y que después transmiten los hechos a la gente que no se encuentra en el sitio, funcionan tal y como lo hacen los medios masivos de comunicación, el mensaje se transmite provocando ansiedad, temor, terror, sed de venganza y por ende más violencia. Misión cumplida malditos fascistas, terroristas, criminales, amantes de la muerte, quienquiera que sean.

Marcos regresó de sus cavilaciones gracias a los gritos del jefe Bartolo que lo apura a que haga fotografías de los inspectores oculares, quienes han llegado y se disponen a recolectar evidencias. Un oficial de policía ayuda a poner en el suelo letreros amarillos con números, sostiene un número ocho en la mano y decide colocarlo cerca del saco donde hay una huella de llanta. Marcos toma la fotografía y decide acercarse al saco, el nudo que lo sostiene no es suficiente y se deshace dejando ver una pálida mano. Toma otra fotografía. Uno de los inspectores oculares se percata de algo, con unas pinzas desenrolla el nudo que sujeta a medias el fardo, con lo que seguidamente dos mujeres muertas y atadas cayeron de la bolsa. Bañadas por la luz de la media mañana se convirtieron en la comidilla del conglomerado. Marcos logró divisar en un segundo intento que una de ellas era su amada camarada Cecilia.

SEGUNDA PARTE

.

¡Las imágenes no son sólo recuerdos!

Capítulo VIII

De regreso en la oficina, Marcos está frente a la computadora con los sentimientos hechos añicos. Implementando el triple de esfuerzo, hace un análisis de las imágenes, no como quisiera porque le piden apresuradamente las impresiones. Escribe un informe preliminar de la pericia, develando los principales argumentos técnicos que reúnen las imágenes de la escena del crimen, describe las fotos que está enviando y todo cuanto puede de lo que allí aparece. Informa por escrito a los operadores de justicia sobre cada detalle porque cuenta con su memoria, ya ni siquiera es necesario observar de nuevo las fotografías, hace una descripción del sitio y sus edificios, relata el lugar exacto donde se encontraron los cadáveres, la manera de muerte según su lente, apreciaciones y comentarios que desde su oficio pericial pueda ayudar a hacer justicia. Informa sobre la cámara de video sobre el semáforo, conjetura sobre las imágenes en movimiento que pudo captar pero esto último no lo escribe, porque no es ciencia, es solo su abstracción y sus recursos mnemotécnicos puestos en práctica. Imprimió el informe y adjuntó las fotografías, guarda unas copias para sí y las introduce en el morral de cáñamo que siempre lleva consigo.

Son las seis de la tarde y regresa a casa. Parece un muerto andante, apenas puede con la tristeza, sin embargo no llora, aunque tiene presentes las imágenes de los cadáveres amarrados en posición fetal uno atrás del otro, cuerpos sin ropa, que ataron de pies y manos, y que cree decidieron colocarlos en esa posición para simular una relación sexual. Recuerda moretones en los costados, cree que la manera de muerte es asfixia y también recuerda la sangre en los rostros —que no fotografía más— ha decidido hacer fotos solamente de los indicios materiales del entorno y de los objetos cercanos a los cuerpos, quiere honrar de alguna manera a esas vidas y no contribuir con el morbo, para eso estarán los amarillistas medios de comunicación.

La vieja del edificio le lanza las frases, según ella hirientes, ante las cuales siempre espera una respuesta. Esta vez el fotógrafo la ignora, no puede estar más herido. Entra al apartamento y el ronroneo de McCartney lo aterriza, el gato se le cruza entre los pies rozando su cuerpo con sinuoso placer. Marcos le pregunta por Lennon y le sirve comida en una bandeja, ve que la leche se ha evaporado y escucha que dejó la radio encendida, ahora suena un reggaetón con contenido sexual que ensalza el patriarcado que adolece algún boricua. Apaga el aparato receptor y decide por rutina tomarse una sopa de frijoles que dejó en el microondas, antes de llevarse la cuchara a la boca saca las fotos del morral y las coloca en la mesa de noche.

Hizo a un lado el plato sopero, mientras observaba detalladamente cada una de las fotografías, como si de esto dependiera desaparecer a las mujeres de ellas. Le parece mentira que las tuvo cerca la noche anterior y que allí pudo decirle a su camarada que no se marchara, que se quedara para luego llevarla a su casa, como halándola pero a la vez cuidándola por las calles. Sabe que pudo decirle que no siguiera defendiendo sus derechos, pero que no lo dijo porque también sabe que esa acción era verdaderamente necesaria. Quisiera sacarla de esa escena dantesca y retornarla a la vida, como si viendo la imagen una y otra vez se pudiera meter en la foto para salvarla, para evitar que la golpeen, que la asfixien, que la asesinen, para evitar que la callen. Aún no llora. Se siente iracundo, impotente, triste, olvidando que él existe, porque piensa que de todos modos ya nadie en ese paisaje existe y en ese momento no le queda más que observar la instantánea frente a sus ojos.

En medio de su abstracción y el estudio de las fotografías entrelazadas, Marcos olvidó que no buscó su teléfono celular.

También fue olvidando la sopa en la mesa de al lado, la cuchara terminó en la bolsa de su camisa y el hambre se volvió una sensación inespecífica, asemejada más a un hoyo negro en la boca del estómago que pronto dejó de molestarle y más bien ambos, él y el agujero, rápidamente se acostumbraron a formar parte del otro como gemelos hipócritas. Sus ojos miraban a la nada. Sin enterarse de los minutos que se le caían de la vida. En realidad no le importaba, porque su vida dejó de serlo, ya es muerte lo que le acontece; el hecho de exhalar e inhalar por sus pulmones no le significaban un respiro y cada latido de su corazón le situaba un paso más cerca de morir que de vivir. Hizo su cuerpo hacia atrás y la gravedad le ayudó a recostarse en la almohada con olor a gato. Es mejor para él que no llueva, si no estaría observando ser mojado por la gotera del techo. La bendita gota que sí escapaba del grifo no le incomodó más y dejó de escucharla, pensó que talvez vaya a parar a un mejor derrotero, que ojala él pudiera seguirla, talvez lograría escabullirse a un rio menos doloroso.

Sabe que en algún lado de su mente existe otra gota en forma de dama, que le puede disminuir su estado, un bálsamo seductor en medio de este profundo sentimiento de agonía… pero sigue pensando que se muere, mientras todo vive en el mundo material, él está muriendo, solo que su alma se empeña en no abandonar su cuerpo con miras a iniciar un largo martirio. Pero vuelve la gota, la otra, Marcos sabe que adentrándose en esa capa atávica de su subconsciente puede llegar a encontrarla. Pero sufre de insomnio, esa noche talvez lo merezca y sirva para brindar mayor tributo a su amiga. Sin embargo sabe que no está logrando ni lo uno ni lo otro y se odia… aunque eventualmente también odia a su sueño porque paradójicamente se está quedando dormido, siempre acompañado de esas abruptas y repentinas sacudidas de cuerpo, que pasan como corrientes eléctricas justo cuando la mente cree que descansará.

Capítulo IX

De repente te encontrás en aquel mercado. Un viento gélido te azota la cara. Ves el vaho salir de tu boca, mientras que las personas gozan de un amanecer soleado a medias, van y vienen con bolsas llenas de compras en una especie de regocijo mañanero. A tu lado ves puestos de verduras y podés escuchar a los vendedores ofrecer sus productos con soltura. Hacia atrás y adelante hay más puestos de mercadería, tienen carpas de plástico que hacen las veces de techo, sostenidos por pedazos de madera delgados, todo en perfecto orden, uno al lado y enfrente del otro, nada parecido a los mercados de tu ciudad. Caminás un poco y ahora olés el pescado, ves ollas de mariscos cocinándose, el humo saliendo de las mismas y sentís una sensación de *déjà vu* que no te deja en paz. ¿Esta calle la conocés?, ¿Has estado allí antes? Esta vez sentís más frío, ves tu cuerpo y brazos cubiertos con un gabán gris, lamentás que no llevás tu cámara, algo te dice que la necesitarás. Continuás en dirección a la sección de frutas y unos niños pasan juguetones a tu lado, te dan varias vueltas hasta marearte un poco y en el último giro la observás de frente: es ella de nuevo.

Ella te parece fastuosa. Su piel clara y los ojos acaramelados pintados por los rayos solares no hacen más que volverte loco. Su sonrisa envuelta en una bermeja boca esponjada te deja paralizado, mientras que tu mente dice que vayás y la abordés de nuevo, pero sentís que no podés. Ese lunar, es que ese lunar te parece una delicada virgulilla que viaja de un lado a otro de su mejilla izquierda y ofrece pausa a las frases que pronuncia y que tu mirada no puede evitar seguirlo porque pensás que te perderás detalles de un agraciado espectáculo. Esa figura, es que esa figura mediana y torneada, que asimila la espalda de Gala pintada por Dalí, te idiotiza vilmente. Ese andar, es que ese andar te deja obnubilado y te hace mover tus ojos como un péndulo ingrávido. Ignorás al ridículo que seguramente estás haciendo, dejás a un lado a los niños que por poco te botan al pavimento, pasás empujando de un transeúnte a otro, sin que te importen los insultos. ¿Cuántos habrás atropellado? Pareciera que cientos de personas te impiden llegar adonde ella compra. Tratás de avanzar pero en el camino se acumulan cada vez más compradores, más niños juguetones, más puestos de frutas, más bulla de mercaderes, más olor a pescado, más gritos, más y más obstáculos. La perdés de vista. Sin embargo esta vez, como en las anteriores, no te darás por vencido. Pareciera que en cada sueño todo te impide encontrarla, pensás de nuevo que si este es tu sueño vos gobernás en él, y que si creés decididamente la encontrarás. Y te ocurre.

De repente todo está en blanco y negro, excepto aquella fémina figura roja que camina lejos de vos. La multitud del mercado ha desaparecido, todos se fueron quizá a otro sueño, no hay nadie en medio de los puestos, estos quedaron mostrando las frutas, los mariscos aun hierven en las ollas humeantes sobre los estantes, ahora lográs ver las piedras uniformes de la calle que se dirige a la avenida principal, dirigís tu mirada desde el piso debajo de tus pies, levantando la vista hasta posicionarla al final de la calle, la ves doblando la esquina y te apresurás a seguirla, mientras que observás que todos empiezan a aparecer de nuevo en sus puestos. Ponés tus pasos en la acera para tratar de ubicarla apresurandoté a doblar la esquina que ella hace un rato cruzó, lográs situarte a una cuadra de ella, ahora ganaste más conciencia y tu intensión no es abrumarla y guardás a propósito la distancia, mientras la observás caminar.

Su mediana y delicada figura envuelta en el abrigo rojo te parece tierna a la distancia. Le notás un contorno definido y ceñido por el cinturón, que podés admirarle enviciado por el movimiento de sus mórbidas caderas. Ves que se detuvo a comprar el diario y que ella te divisa como a un ciudadano más. Te sentís herido porque no te reconoce de otras ocasiones, en esas que por la misma voluntad y coraje que hoy te acompañaron lograste tenerla enfrente. Te sentás en una banca de la acera y recordás ese otro sueño en el que hasta lograste invitarle un café y en el que por fin se conocieron, donde te metiste en su mente y ella en tu corazón y que por el maldito y abrupto despertar insómnico que te caracteriza, la dejaste sola en esa misma cafetería, dejando una taza de café por terminar, olvidando ese mismo abrigo gris que ahora lucís, cuando sabés que te despertaste sin despedirte. En ese momento ya no te recuerda. Decidís esperarla afuera porque esta vez esa mirada indiferente te caló más que otras veces, te disminuyó el alma y la valentía que ganaras en aquel mercado.

Pensás que ojalá no despertés pronto, le pedís a ese poder que no conocés que te dé tiempo suficiente para que esta vez sí culminés el sueño de tus sueños. Te percatás de nuevo del frío, tus manos ahora en el gabán ya no evidencian tus dedos cruzados en signo de impaciencia. Ves que la avenida se encuentra casi vacía, y a los automóviles que de vez en cuando recorren la Gran Vía. Ves a los peatones que se dirigen apresurados a sus trabajos ataviados con gabardinas protectoras. Obervás los edificios de seis o siete pisos a ambos lados de la avenida, con negocios casi todos en la parte inferior, con carteles de bancos, de expendedores de tabaco y licor, ves más cafeterías y restaurantes. Una que otra ave se te acerca buscando semillas, instintivamente sacas de tu abrigo una bolsa del alimento y lo esparcís al piso, logrando atraer al resto de la parvada, de algún modo esto te distrae hasta que la ves de nuevo salir de "Reír y llorar". Notás un paso más apresurado en su andar, por lo que aplicás la misma velocidad y disponés a presentártele de nuevo, tus pasos ahora suenan en el asfalto como campanas dominicales —la captás más veloz que antes— hasta que detiene totalmente la marcha frente a una puerta de madera, la ves buscar algo en su bolso y situar las bolsas de compras en el suelo, tus pasos casi al punto de la carrera se detienen a medio metro de ella y cuando a punto estas de saludarla ella se voltea y percibís que te quiere lanzar una cachetada acompañada del marcado y acostumbrado gesto de su enojo.

Capítulo X

Lorena no sabía que se encontraba de nuevo en el sueño que aquel hombre poseía de manera sempiterna. Se percató que él le había dirigido una mirada directa y penetrante, incomodándola de sobremanera, ella solo pudo devolverle una sonrisa blanca y continuar con su matutina caminata. Dirigía su marcha hacia el estudio donde en sus días escribía poesía, pintaba o simplemente existía... era una especie de librería donde el intercambio de libros entre el público más un vino tinto eran la tendencia. Lorena pretendía ignorar que él la seguía, sin embargo el sonido de los pasos sobre el concreto eran más que evidentes. Antes de abrir el portal, colocó la bolsa de las compras en el suelo, volteó de repente y a pesar de querer propinarle una bofetada, le preguntó sutilmente...

—Acaso puedo servirte en algo... —con acento andaluz seguro y empoderado.

Le logró observar la manzana de adán cuando de arriba abajo actuaba evidenciando una garganta buscando saliva en vano. No le escuchó emitir voz alguna, quiso brindarle una bofetada solo para dejarle claro que el hecho de regalarle una sonrisa no significaba que debía acosarla; sin embargo por alguna razón veleidosa, en esta ocasión no lo hizo.

—Entra, que si quieres un libro lo tomas eh...pero dejas otro a cambio.

Después de introducirse ambos a la estancia, ella se sentó atrás del escritorio tratando de ignorar al misterioso visitante. En un santiamén la gente entraba y salía del local, colocó las bolsas en el piso y sacó dos botellas de vino para dar inicio a la degustación. Lo miraba de reojo mientras que en las copas servía; lo veía que caminaba entre los estantes buscando algún libro, ella presentía algo raro en ese hombre. Quiso enfocarse en continuar uno de sus escritos, algunas ideas primarias plasmaba ya:

Sobre el arte culinario

Me encanta rallar el queso con los dedos.

Me gusta encontrarme a mí misma reflejada en la sopa.

Me gusta preparar empanadas con todo y repartirlas a los comensales.

Me fascina esperar que me informen qué hay de comer en el restaurante, solicitar el plato del día para después salir sin comer ni pagarles nada.

Me encanta saber que una familia de campesinos se las ingenia para comer, igual me gusta saber que un oligarca también puede morir de inanición...

Al alzar de nuevo la vista, esta se posó de nuevo en el extraño hombre, por alguna razón su cara le parecía familiar, pensaba que a lo mejor era otro personaje con el que compartió extras en algún otro episodio. Pero que obviamente gracias a la naturaleza misma de su conciencia se le imposibilitaba recordar objetivamente algo cercano. Sin embargo una sensación extraña ya sea en su mente o en sus emociones no la dejaba escribir tranquila.

... Me encantan los mariscos rodeados de mar.

Me gusta compartir ideas sobre cómo acabaremos con el hambre en el planeta.

Me gusta cocinar cuando al iniciar veo que ...

Un nombre se le vino a la cabeza el cual le parecía un tanto familiar, ese sonido se le antojaba conocido, una palabra que representaba a alguien se le venía al oído despertándole casi imágenes, quizá de algún tiempo venidero o pueda que de algún libro que leyó quién sabe cuándo. Pudo continuar el escrito, aunque cada vez que puede divaga entre líneas, lo que le ayuda a tomar aire para dar vida a sus palabras:

Me gusta cocinar cuando al iniciar veo que… mi alimento no estuvo vivo.

Sobre las personas

Me gusta entablar conversación con los sordos, porque a pesar de que soy casi ciega nunca levantan la voz para corregir mis errores de atino.

Me gusta abrir y leer las cartas de los demás… que me envían los demás.

Me deleito por los ojos de alguien, máxime si estos me ven con la misma emoción…

Por alguna razón extraña a lo que conoce, ella recuerda —¿o no es un recuerdo?— que ese hombre que ahora finge buscar un libro, le había dirigido una mirada de emoción que intuía genuina, sumado a ese sonido que viene de ninguna parte le hace dibujar una sonrisa en su rostro, mientras que coloca en su lugar el mechón de pelo que siempre se le deposita en la mejilla.

…Me fascina observar a alguien que está a solas, con la vista desparramada al cielo, con sus pensamientos viniendo y partiendo sin utilizar la vida más que para verla pasar.

Me encanta la sonrisa de las niñas que salen al recreo, incluso trato de delineársela a cada infante que por razones que conocemos no poseen una.

Me encanta el amor que surge espontáneamente de los corazones y se vierte sin pedir nada a cambio.

A Lorena no la deja en paz ese nombre que reviene a su

mente como si fuera la misma gota de lluvia que cae y suena en su cabeza y le resuena en el pecho dejándole una sensación extraña en el corazón. ¿Qué es lo que está atreviéndose a dejarla sin palabras que escribir? Decide servirse una copa de vino para disimular la incertidumbre, ahora ve que el visitante se encuentra sentado leyendo el diario; ella concluye beber sin saborear el adulzado, de nuevo toma la pluma y continúa plasmando ideas:

Sobre Baco

Me gusta que el dios Baco distraiga mis sentidos.

Me gusta esperar que congele mi ron y después bebérmelo desilusionada.

Me gusta decir no a alguien que quiere beber sin mí.

Me gusta presenciar eventos en los cuales la gente desecha su careta gracias al vino...

Un acalorado rubor se le subió a las mejillas, era la sensación agradable que solo puede ofrecer ese líquido etílico refinado que otrora fue fruta; momentáneamente pensó en salir nuevamente a la calle para sentir los rayos tenues de sol que coqueteaban a través de la ventana, se conformó con colocar la palma de la mano en ese rayito de luz que trémulo se escabullía tras una oquedad de la vieja puerta. Piensa que debería no dejarse abrumar por falsos positivos que suelen acontecer en su mundo.

...Me encantan las despedidas en la esquina con media botella por terminar, cuando nadie se atreve a dejarla vacía por temor a decir adiós.

Me encanta ver como se diluyen los sueños ante la realidad de una resaca.

Me agradan los abrazos de bienvenidas, las cervezas compartidas, los cantos bohemios, las charlas emprendedoras, las peleas ideológicas, las voces altisonantes, los golpes lastimeros con las disculpas de ocasión.

Me agrada la valentía que nos proporciona el vino antes de hacer el amor…

Repentinamente el rubor de Baco se convirtió en un cosquilleo entre sus piernas. Porque suele acontecerle que todo en su mundo se conjuga para obsequiar algún momento del día a estimular eróticamente sus deseos. Pudo servirse otra copa, al regresar del estante sentóse esta vez con las extremidades inferiores más juntas y comenzó a realizar un vaivén de cuerpo ayudado del ritmo inmaterial de un bolero viejo.

Sobre el amor sexual

Me gusta besar en donde no hay labios.

Me encantan las curvas de los cuerpos, aunque mi nostalgia callejera me obligue a disimularlo a medias.

Me encanta el sexo apasionado, las mordidas caníbales de pecho o las lamidas que buscan rincones, los gemidos provocados o los que provocan, los orgasmos reales o fingidos, todo me encanta.

El vaivén de la envoltura de su alma era sutil pero efectivo, no solo ayudaba a provocarle cosquillas precisas en su intimidad sino también a continuar llenando la página con frases apresuradas y cada vez menos inteligibles:

Me gusta tener sexo de reconciliación cuando no fue precedido de una discusión.

Me fascina imaginar que tengo amor cuando hago el sexo.

Me encanta mi pareja, atestiguar sus espasmos, me encanta sentir el hueco en su garganta cuando escupe un gemido de éxtasis.

Su cuerpo se aceleró, aunque el tiempo comenzó a enlentecerse hasta que todo a su alrededor se detuvo provocando que su pluma dejara de expeler tinta. Sintió un placentero regodeo vaginal que también le estremeció las rodillas y la hizo encogerse de hombros. Sus mejillas y boca volviéronse más rosalinas y también reacias a abandonar esos cálidos placeres, pero todo transmutó seguidamente en un seductor relajamiento. Volviendo la velocidad del tiempo a ser habitual. Colocó el pelo de nuevo sobre el arco de su oreja y volteó a los lados buscando a algún posible testigo y alargó el escrito:

Después del amor me gusta contar cada lunar de mi pareja.
Me encanta hacerle ver a la gente que el acto sexual es un proceso químico-biológico al que nos empeñamos en agregarle sentimientos.

Siguió atendiendo a los lectores, que durante esa mañana se apersonaban a intercambiar libros ya sea con el establecimiento o entre ellos; abría botellas, llenaba copas, regalaba sonrisas, repartía boletines disidentes que allí mismo se escribían, invitaba a la siguiente reunión de lectura y de vez en cuando regresaba al escritorio para continuar plasmando ideas de las cosas de la vida que le gustan:

Sobre las y los trabajadores
Me encanta el canto revolucionario de la movilización de un primero de mayo, porque siempre que haya un trabajador beligerante ese canto nunca será inútil.
Me deleita decirle a un oligarca que ante la dignidad del pueblo, el poder que tiene es tan frágil como su suelo y este finja no saber de qué le hablo.
Me gusta la organización, el pensamiento y la acción de la clase obrera.

Me regocijo de la dialéctica porque nos aleja de la creencia mecanicista de dar por sentado que los cambios de nuestra realidad se deben al azar.

Lorena, en su desdén de continuar atendiendo la clientela para eternizar pariendo ideas, debería no recordar que por allí andaba el hombre misterioso que la siguiera hasta enfrente de su establecimiento en horas de la mañana. Lejos de esto lo busca encontrándole aun sentado con una copa de vino en una mano y el diario en la otra. El calificativo que viene a su cabeza desde un recuerdo que no conoce aún, provoca que acople el sonido con ese moreno rostro que tiene enfrente. Sin percatarse de que hay causas y de que hay ya posibles efectos contrarios a las leyes del mundo onírico, de su pecho le sale una palabra sin que un freno utópico le impida asignársela al hombre misterioso.

—¡Marcos! —dijo casi gritando— dejando escapar un halito de sorpresa mezclado con cientos de interrogantes.

Capítulo XI

Un año había transcurrido desde que Marcos decidiera ignorar a su camarada Cecilia, gracias al episodio más avergonzante de su juventud. El mundo se encontraba como siempre en movimiento: en medio oriente el Estado Palestino había logrado su autonomía del régimen israelí, gracias a los acuerdos de sus líderes, Yasser Arafat e Yithzak Rabin, respectivamente; en Chiapas se levantaba en armas el Ejército Revolucionario Zapatista, dirigido por el intelectual subcomandante Marcos, lucha consolidada por cientos de campesinos cansados de la indiferencia del gobierno de ese país; más cerca, en el paisaje que vivía Cecilia, nada había cambiado: otro partido político había tomado el mando de la nación y hundía más y más sus colmillos en los intereses del pueblo. La gente aún hablaba en las calles del gol de Maradona en el mundial de futbol en Estados Unidos y de su expulsión por encontrarle droga en el organismo; mientras los empresarios y políticos nacionales aprovechaban la recién inaugurada bolsa de valores del país para hacerse más ricos, sin importarles que en el proceso haya gente haciéndose más pobre.

Los años noventa eran más que evidentes en la presentación de Cecilia. Ella quería parecerse cada vez más a las modelos impuestas por los avisos de las revistas que promovían el consumismo; el look de la Shiffer era su objetivo, por lo que utilizaba productos para que el cabello le luciera más voluptuoso. Su habitual camiseta hecha nudo arriba del ombligo y las chaquetas de jean con hombreras exageradas parecía que dejaban agradados a los transeúntes. Era diciembre y el frio que bajaba de "El Picacho" no impedía que sus pantalones cortos otorgaran un regalo a las miradillas indiscretas de los parroquianos, y a más de una que otra devota lastimera.

Eran las dos de la tarde. Ella entraba a su guarida y pudo escuchar al viento errante llamando a su ventana. Siempre que podía intentaba ver adentro de la casa de Marcos, buscándolo, porque nunca pudo pedirle una disculpa. Solía preguntarle a su padre por él, éste siempre le excusaba afirmando que se encontraba ocupado con las clases. Ella intentó acercársele después de aquel incomodo momento, pero era recibida cada vez con un rotundo témpano de hielo. Desistió, respetó y de alguna manera aceptó que no quisiera verla. En todo ese año había continuado las lecturas de los libros que su entonces amigo Marcos y que otras personas le prestaran. Aprendió sobre las relaciones de poder y la necesidad de la organización en defensa de los derechos. Aceptó y reveló su orientación sexual, provocándole problemas con sus padres, quienes decidirían no prestarle mayor colaboración, aunque para este tiempo Cecilia actuaba en el teatro, permitiéndole sobrevivir en la dura metrópoli. Después de ver su puerta cerrada, decidió refugiarse del frío en su apartamento, nada tenía preparado excepto estudiar el guión del día siguiente y tomar chocolate caliente.

Hasta que dos golpes se escucharon en su puerta. No parecían sonar desesperados, más bien fueron tenues y con un intervalo de tiempo un tanto espaciados. Esto no la hizo atender de inmediato y continuó con la preparación de su bebida. Otro golpe sonó, pero esta vez no fue en su puerta, creyó que era más como un cuerpo arrimándose en la pared de madera. Fue a la ventanilla del portal y vio el rostro moreno de Marcos del otro lado. Éste la veía con una expresión casi caída del rostro. Cecilia pensó en decirle lo que le tenía preparado, que antes de pedirle disculpas le daría el regaño que estuvo reprimiendo todo un año. Quería gritarle que lo que hizo fue de niños y le pediría que madurara, y ya después le pediría perdón, de ser necesario, talvez por haberle dado un mensaje ambiguo. Eso pensó. Pero al ver que Marcos tenía su rostro tirado por el llanto, solo pudo brindarle un abrazo y recibirlo en su portal.

Ella supo a través de su vecino que la tarde anterior Marcos había llegado como todos los días después de sus clases. Notó al entrar que aún se encontraba la llave de su padre en el depósito; no se encontró con ningún plato de comida en la mesa, ni con algún mensaje de instrucciones, esto era bastante extraño al reconocer en su papá a un proveedor obsesivo. Marcos se dirigió al dormitorio sin pensar en nada, más que vencer su curiosidad. Allí se encontró con el cuerpo sin vida de su padre, tirado en la cama donde había dormido toda su vida. En un esfuerzo por reanimar el espíritu pensó que su padre aún dormía, lo llamó en tres ocasiones y se acercó para tomarle la mano, pero esta yacía fría, pálida y tiesa; lo constató después de los minutos más largos de su vida. Era la mano de su padre, era el cuerpo de su viejo, ese cuerpo que sostuvo un trabajo y por el cual él aún vivía. Su mente, psicótica por el golpe, quiso estar allí con él y así lo haría, lo iba a dejar donde estaba, acostado en la cama, donde de todos modos su padre también había acompañado a su madre hasta la muerte. Igualmente él hubiera querido seguir allí, en todo caso, le parecía que seguía dormido y que en su desquite quería regresar y jugarle una broma de mal gusto.

Cecilia escuchaba a Marcos mientras éste depositaba sus ojos en la ventana, o más bien en lo que la ventana le mostraba en ese momento, una pintura de nubes grises que ocultaban un cielo tornasol. Sabía que no le platicaba a ella, le hablaba a su padre, a esa memoria que lo hizo ser quien era y que le enseñó la vida tal como es. Acurrucado y con ella al lado, abrazándolo y situados en un pasillo con paredes de madera tapizadas con flores, habían ya olvidado lo acontecido un año atrás, y sumergidos en un ambiente doloroso se sintieron dos partículas de polen que después de andar volando ayudados por un viento nómada aterrizaban en los pistilos de otro lirio. Se acompañaban.

Él continuó explicándose a sí mismo sobre esa imagen paternal que había respetado toda su vida.

Ella supo en efecto que su madre había fallecido cuando él recién había cumplido dos años, los doctores no supieron explicarles que enfermedad padecía, desde entonces su padre quedó a cargo de las riendas del hogar lo cual nunca sintió como una carga ni mucho menos. Marcos vio en su padre el reflejo del trabajo, la honra del deber y la defensa de lo justo. Esos valores se los inculcó desde pequeño. Con el tiempo lo que hizo fue agregar la teoría ideologizánte que concordara con esos principios. Recordó que en una ocasión su padre le explicó que nunca iba a anteponer los intereses personales por los deberes familiares y colectivos, luego entendería que se refería también a que no volvería a tener una pareja, con esto creía que respetaba la memoria de su madre y que de paso lo protegía. Consideró esto un sacrificio exagerado, pero nunca se lo hizo saber, de hecho Marcos nunca refutó, ni criticó alguna decisión de su padre, contrario a lo que hacía en otros espacios de debate y con las demás personas. El papá lo sabía y le devolvía el gesto con el mismo respeto y admiración.

Su padre había trabajado toda su vida como fotógrafo en el estudio de un inmigrante palestino. Hacía seis meses lo había despedido al no poder sostener el negocio. Él nunca se lo dijo, pero en una ocasión llego a buscarlo al estudio y se encontró con el ex jefe, quien le explicó lo sucedido y que desde entonces su padre trabajaba en el mercado ayudando en una abarrotería; esto representaba una exigencia mayor y una remuneración menor que la que ocupaban para subsistir.

Desde ese momento Marcos también decidiría —sin comunicarle a su progenitor, claro está— hacerse de un trabajo que le permitiera generar dinero, al menos para pagar sus estudios. En esa época ofrecía fotografías de niños montados en un caballo de madera, con el fondo de la iglesia catedral, dando incipiente inició a su carrera. Su padre, en sus tiempos más mozos y antes de conocer a su madre, había decidido probar suerte emigrando a Europa. Viajó cinco años por varios países… aún se topa con algunas fotos grises de él, usando ropa setentera, acompañado de una bella mujer, de quien nunca se le escuchó decir algo, aunque él suponía que fue su primer compañera. En varias ocasiones lo encontró viendo las cajas de recuerdos —risueño rostro le sorprendía—. No mezclaba las fotos de sus viajes con las fotos de su familia, siempre le pareció curioso que respetara hasta esos límites, pero su padre era así, alguien íntegro en sus límites; él lo acompañaba los fines de semana a disfrutar juntos de esos recuerdos… cuyos pormenores se había llevado consigo.

Esa tarde cuando lo encontró, sabía que todos esos asuntos de índole económica habrían llevado a su padre a auto exigirse un trabajo físico, cuyo cuerpo no estaba dispuesto a soportar y lo lamentó una y mil veces. Si tan solo su padre hubiera entendido que los estudios universitarios no eran necesarios, que de hecho no los abandonaba solo por respeto a lo que él pensaba... Ahora todo eso era parte de su pasado.

Marcos recapacitó, volviendo de sus fantasías psicóticas y febriles, llegó a darse cuenta que debía hacer algo con el cadáver y buscó a su vecina sabiendo que le apoyaría; Cecilia acostumbrada a valerse por sí misma, con el instinto de hermandad que le caracterizaba lo acompañó en todo el proceso de inhumación. Así es como esta cadena de sucesos hizo que ambos se compenetraran en una relación que superó sus barreras y diferencias.

La misma noche, ya de regreso en sus casas, volverían a sentarse frente a la ventana, testigo de sus futuras e interminables pláticas, esa misma ventana que les serviría de escape después de las jornadas de trabajo. Les encantaba creer que entre sus marcos de madera podían encerrar distintas imágenes, por supuesto que según la hora, el clima y la luz formaban una instantánea. Por ahí escaparían sus ideas acompañadas del hilillo de humo de sus tabacos. Ella, la ventana, los esperaría para verlos encontrarse cada noche durante los próximos veinte años.

Capítulo XII

Marcos llamó varias veces a la puerta del apartamento de su camarada. Desprovisto de respuestas se dirigió hacia la calle, no sin recibir el regaño de la vieja administradora del edificio mientras salía por el portón principal. La foto que le tomó le capturó las arrugas y las ofensas tatuadas en los músculos de la cara.

—Deberías dar en adopción a esos odiosos gatos, que me vienen a botar el abono y me cagan los maseteros.

—No se preocupe, más bien eso les sirve a las plantitas —refutó Marcos.

La dueña del edificio quedó atrás diciendo algo para sí misma, refiriéndose seguramente a las maneras que usaría para echar a Lennon y a McCartney de su casa. Él salió como siempre, cámara en mano, con la idea esta vez de no fotografiar a gente desconocida ni a las letras P, quería más captar imágenes de las personas que conocía, aunque pocos estaban ese día en sus objetivos. Por eso trató de contactar a su amiga Cecilia. Al no tener resultado se dirigió al bar del Centro, lugar habitual de sus amigos. Allí ya se encontraba Bartolo, su Jefe, quien le dejó en la mano una cerveza fría de bienvenida. Marcos en reconocimiento le sacó una foto. Siguió capturando al bartender, de casualidad lo tomó agachado echándole una miradilla enamorada a la mujer que tenía enfrente.

Bartolo regresó del baño, apuntándole en la frente su acostumbrada boca peluda.

—Hasta cuando vas a andar con esas malditas cámaras, no ves que incomodás a los cristianos.

—Lo bueno es que cada vez hay menos, Jefe Bartolo, cada vez menos.

—Como si eso estuviera resolviendo las cosas que pasan, mirá allí aparecen como tomates aplastados muertos tras muertos, lo que se necesitan aquí es que se nos conviertan más y más cristianos, para que no anden matando a diestra y siniestra.

—No Bartolo, lo que aquí se necesita es que el sistema judicial funcione, que cambie desde las raíces, se necesita que caiga uno de los asesinos, con uno que caiga y que empiece a hablar y que destape la cacerola. Darle tiempo y antes de que lo manden a callar, diga toditito, que diga el por qué de cada muerte. Pero una vez teniendo la información, se necesita que el sistema judicial trabaje, que investigue y no permita más impunidad. Que empiecen a caer presos desde los autores intelectuales hasta los materiales. Y ya vas a ver como poco a poco la mierda sale a flote.

El bartender se les acercó con una ronda nueva en la bandeja, y les dijo:

—Si ya se sabe porque los matan, andan allí queriendo armar la revolución y no tienen los guevos para enfrentárseles, mirá Marcos, a aquellos del periférico dicen que les llega la muerte porque andaban queriendo organizar un nuevo grupo para enmontañarse y regresar entrenados para derrocar al presidente.

—Razones pueden haber muchas —dijo Bartolo— pero también es porque otros andan en cosas peliagudas, que ningún cristiano con tres dedos de frente andaría, por esto te digo que se necesitan más cristianos de verdad. Mirá que dicen que las maras ahora son narcos, y andan peleando territorio por la venta de droga en cada esquina de la ciudad.

—Vos crees Bartolo que en la ciudad hay suficientes personas drogadictas como para estarse peleando un territorio de ventas, no Jefe, lo que pasa va más allá, no es por venta de drogas menudeadas, es por negocios mucho mayores, que tiene que ver con gente grande en puestos importantes del gobierno. Mirá, es porque se pelean las rutas de trasiego de cargamentos de no solo de droga sino de mercancías y dinero que viene desde el sur y que va para el norte; otra es porque hay mafias que saquean los dineros del pueblo y pelean entre ellas para ver quien saca más o echarse la culpa unos a otros. Pero la razón más oscura jefe, es la tendencia del gobierno a mantener a la población con temor, moviendo piezas claves para matar gente y crear zozobra, porque piensan que solo así se mantiene controlada a la gente, con miedo, mientras les dé tiempo de seguir haciendo pillerías, todo esto es desde el gobierno y es a propósito jefe, lo leo en la tele, en las noticias, en la calle.

—Yo por eso nunca me metí a una ni otra cosa, aquí estoy tranquilo sirviendo atrás de la barra —dijo el mesero en tono de desidia.

—Pero por esa razón es que estamos como estamos, porque la gente en general se vuelve indiferente y con la excusa que hay que seguir viviendo, otros que no tienen las mismas oportunidades van muriendo, pero no muriendo porque ya cumplieron, sino porque los asesinan. —Culminó acotando Marcos, mientras miraba por la ventana al otro lado de la calle, a Cecilia quien cruzaba tomada de la mano de una nueva amiga. Él aprovechó el momento para tomarles una foto a través del vidrio.

—Ves lo que te digo Bartolo, este Marcos habla y habla, sin saber si alguien lo está escuchando, tené cuidado hermano, que esos que decís están por todos lados hoy en día —dijo el barman, dando por entendido que compartía esa teoría y alejóse limpiando la barra.

—¡Hola chicos! supuse que estaban aquí ¿cuándo no? —carcajeó— y qué bueno que andás la cámara, vení tomame una foto con esta preciosura, se llama Viviana ¿Y qué me cuentan? yo estuve todo el día ensayando en el teatro y está mujer preciosa vino de agregada este semestre y no conoce la ciudad por eso ando mostrándosela, le dije que había un buen bar en el centro y miren que accedió, pero después vamos a una fiesta de cumpleaños ¿No quieren ir? Pues bien nosotras solo venimos a bebernos una cervecita para hacer tiempo con el calor que está haciendo…

Marcos ya había cumplido con tomarle fotos a la pareja, ahora que pedía otra cerveza para todos veía la cara aburrida de Bartolo, escuchando la palabrería de su querida vecina. Por ese habitual instante recordó como Cecilia se fue convirtiendo en su mejor amiga, algo que jamás imaginó debido a la existencia de diferencias más que obvias entre ellos. Recordó que desde el primer momento que llegó al edificio su camarada se hizo sentir gracias a su personalidad desbordante y escasa de matices grises. Cuando Marcos les llevó las cervezas, Cecilia tenía puesto un beso en la boca de Viviana, mientras Bartolo les babeaba enfrente como perro e interrumpió el espectáculo señalándole la cara del jefe. Ella no disimuló el acto e invitó a su compañera al baño, mientras el jefe las seguía con ojos de lava hasta perderlas de vista después de la cortina.

—Nunca me acostumbraré a esto Marcos, la vida no me preparó para este libertinaje sexual de ahora, mirá como andan estas mujeres dándose picos frente a todos, tengo cincuenta y cinco años y pensé que nunca lo vería, nunca.

Marcos sonrió y le arrojó un flashazo en la cara.

—Jefe no hay mejores fotos que estas, en las que la gente tiene cara de maje, porque no aguantan la libertad de los demás.

—Vos es que aguantas todo, y no criticás nada de lo que estamos pasando en esta sociedad.

—Claro que critico Jefe, lo que pasa es que no critico lo mismo que vos… mirá, sigo pensando en que el problema de esos horrendos asesinatos tiene un origen, y ese es desde el mismísimo gobierno, todas las muertes que cubrimos en estos

80

últimos días tienen los mismos elementos, han asesinado a gente organizada, líderes campesinos y comunales, personas de la diversidad sexual, todos embolsados. Pero si te fijás Jefe, también están matando jóvenes que se han apartado de las leyes, por así decirlo, decime con esto si alguien no está interesado en limpiar lo que cree que está sucio en esta sociedad.

—Tomate otra cerveza mejor y dejá de pensar en esas cosas que ya tenemos bastante con el trabajo que hacemos a diario como para venir a repetirlo en los espacios de ocio —dijo Bartolo, viendo al hombre que misterioso se encontraba escuchando en la mesa de al lado.

—Hola de nuevo, miren que esta muchacha me salió bien atrevida, disculpas Bartolo, mirá que cuando las hormonas atacan no lo dejan a una en paz, otra cervecita mi cariño para que se te remoje la boca, yo como que me voy a tomar otra cerveza —dijo Cecilia sin ataduras.

Entró al bar el otro gran amigo de Marcos, a quien le unían lazos de sangre materna, se trataba de Camilo Rivas y al que apodaba primo Milo. Era un poco mayor que Bartolo, de cualidad campechana, sin dejar de lado la seriedad que le dieran todos sus años de dirigente sindicalista en la compañía de energía eléctrica, ahora retirado, se escapó al monte a criar cabras, sembrar ayote y organizar su comunidad para impedir que les roben la tierras. Él pensaba que con su jubilación se libraría de seguir enfrentando a los empresarios y a los políticos corruptos, pero de igual forma afrontó la siguiente lucha, pensando que la oligarquía no parará mientras aun existan cosas que no posean o hasta que de una vez por todas se cambie el sistema por uno nuevo. Primo Milo, de vez en cuando baja a la ciudad a comprar semillas y comida para las crías y aprovecha para visitar a su primo Marcos.

—Te fui a buscar primo, me dijo la vieja que habías salido y que esperaba que no regresaras. Se carcajeó mientras pedía una cerveza y se sentaba al lado de Bartolo. Saludó a todos por su nombre, quienes de forma natural le devolvieron el gesto.

—Primo Milo, hace tiempo no te aparecías, pensé que te habían dado camote en el monte.

—No primo, ya estamos organizados y nos cuidamos las espaldas, la lucha está perra, figúrate que las mineras nos quieren cercar quitándonos el acceso al agua para que vendamos, pero ya empezamos a cavar pozos propios.

—La misma cosa por todos lados Milo —dijo Marcos—. Acá estamos que no aguantamos a los encostalados por toda la ciudad.

—Nosotras tenemos ya quince asesinatos de la diversidad sexual, en dos meses —apuntó Cecilia.

—Aquí lo que hay y se los he dicho —les recordó Milo—, es una persecución contra todo lo que se oponga al sistema y contra todas las personas que se atrevan a denunciar los actos de corrupción o los crímenes de lesa humanidad. Los medios no hablan de esto, como que hay un acuerdo natural, ni los mismos analistas se atreven a exponer las relaciones desiguales de poder, simplemente se encargan de decir que en el sistema siempre van a existir diferencias entre las clases.

—Qué bueno que dijeran siquiera clases —Viviana, la amiga de Cecilia, al fin había abierto la boca, ahora para hablar y para continuar señalando—. Es una persecución contra las personas diferentes a lo que el sistema espera, diferente a la clase que manda.

—Eso sí es cierto amiga, el poder de los que mandan… lo han dejado claro según ellos haciendo ver que todo lo que se contraponga a lo establecido va contra la moral, contras las buenas costumbres y lo tildan de ateos, simpatizantes del comunismo, subversivos o maricas, y lo aniquilan si les estorba… por eso lo de tantas muertes. Nosotras, por ejemplo, no queremos pelear contra el sistema para que hayan cada vez más gays o convertir a las niñas en lesbianas, como dicen, es para que el Estado respete la decisión de serlo —afirmó Cecilia.

—Por eso yo sigo pensando y compartiendo con mi primo —dijo Marcos, encendiendo un cigarro— que en este paisaje lo que se ha establecido desde que conozco es una relación violenta del poder por parte del gobierno a sus gobernados. El gobierno cree que solo reprimiendo, atemorizando y chantajeando al pueblo con moralismos hipócritas van a mantenerse en el trono, y nosotros nos hemos encargado de soportar sus arremetidas, sobreviviendo los que nos atrevemos a quedarnos y muchos otros que se ven obligados a exiliarse. He conocido de gente, como bien decía Galeano que sobrevive, se exilia, o se muere, así no más. Todo aquello que huela a crítica del orden establecido es marginado, satirizado o simplemente asesinado. Pero también es cierto que la violencia está en todos lados, puede que en el mismo Estado lo hayamos permitido, y que ahora lo utilice el gobierno como bandera para cuando le conviene.

El Jefe Bartolo, que seguía tratando de no escuchar, porque para él la solución era simplemente volverse un buen cristiano y apegarse a lo que el sistema dicte, sin quejarse tanto de lo establecido. Salió de la mesa por otra ronda de bebidas. Al regresar notó nuevamente que el hombre en la mesa de al lado aún les observaba y escuchaba toda la conversación detenidamente, por esta razón decidió cortar en sano la plática preguntando a la pareja:

—¿Cecilia y para donde es qué van?

—Nos vamos a una fiesta pero antes habrá una manifestación frente a casa presidencial en protesta por las recientes muertes de compañeros y compañeras de la diversidad, quieren ir para que nos apoyen.

Marcos, Bartolo, ni el primo Milo se imaginaron que la respuesta a esa pregunta supuestamente distractora sellaría el futuro de sus compañeras. Todos rechazaron la invitación de Cecilia, quien junto a su compañera decidió salir del bar en dirección al mitin. Ellos continuaron debatiendo el tema de la violencia criminológica hasta que Bartolo cayó desmayado en la barra. Marcos y su primo, además de cargar con su propia borrachera, cargaron cuesta arriba con las doscientas cincuenta libras del otro beodo. Lo dejaron en el portal de su casa, pero antes Marcos le tomó su respectiva foto, tocó el timbre para luego salir corriendo y esconderse tras los matorrales. Se percataron que la esposa de Bartolo lo dejara entrar y de nuevo emprendieron el camino hacia sus domicilios. Marcos al llegar a su lóbrego apartamento tiró todas sus prendas al piso. Solo pensaba en dormir, más bien en que ojala pudiera dormir, por lo que tomó dos píldoras soporíferas creyendo en los comerciales de la televisión.

Capítulo XIII

Inés quiso dejar la mitad de su cerveza por terminar y poner sus pasos de bestia tras la pareja de mujeres, toda la información que llevaba en su cabeza le hacía tener más claro el panorama, en ese momento nada le parecía coincidencia y lo único que esperaba era tener el tiempo y el lugar precisos para ejecutar a cabalidad el manual no escrito de su escuela. Este le decía que se considerara un perro de cacería, que podía oler el miedo a varios metros de distancia y aprovecharse de esto e infligir más dolor y temor a la persona que los estuviera experimentando. Tenía órdenes de eliminar obstáculos y dejar un mensaje contundente a los sobrevivientes. Sus lentes oscuros impedían verle sus ojos rojos fijos en las dos mujeres, al salir del bar del centro dejó que se adelantaran solo dos cuadras, se posicionó en la acera de al lado y continuó su persecución como un peatón más. Cada paso que daba era totalmente calculado, visión perimetral correcta, distancia adecuada, semblante incólume, ni una gota de sudor rodaba por su frente, la respiración no se le entrecortaba y el pulso en su muñeca reflejaba latidos del corazón en un ritmo normal. Después de diez cuadras divisó el mitin, banderas compuestas por los colores del arcoíris, otras rojas y negras, todas hondeaban en la avenida frente a Casa Presidencial. Ya se podían escuchar las consignas de protesta y a la masa rebelde esparcida a lo largo y ancho de la calle. Se le despertó una alerta y se mimetizó en protestante, se sacó las gafas y la gorra, desabotonó su camisa e introdujo todo en su mochila, quedando con la camiseta roja que llevaba por dentro. Por fin encontró a la pareja, quienes corrían frente a la tarima principal, decidió situarse atrás de ellas y oír una voz femenina a través del megáfono.

—Compañeras y compañeros este plantón sirve para manifestarle al gobierno que sabemos que cada asesinato, cada muerte de una de nosotros y nosotras, es parte del régimen de persecución que han implementado. Además que su ineptitud hace que sigan ocurriendo crímenes, y que no se investigue el origen y a consecuencia de esto se perpetúe la impunidad.

La voz dejó de ser su centro de atención y el sonido quedó en segundo plano, ahora se concentraba en ellas, veía sus puños alzados al cielo y sus semblantes alegres, veía los abrazos que de vez en cuando interrumpían con intercambios de palabras y sonrisas cómplices. Esto lo hizo enterarse del alrededor, todos los allí presentes tenían la misma disposición. No comprendía las risas, los gestos de aprobación, no entendía la algarabía ni los gritos de protesta. No soportó más el roce de los cuerpos, ni la felicidad a que conllevaba el manifestarse, no soportó los puños en alto y las voces disidentes, decidió irse a un lado de las vallas que habían colocado sus colegas para impedir el paso a la movilización y de allí continuo observando.

Mientras tanto Cecilia, Viviana y toda la comunidad a la que acompañaban tenían como objetivo alzar tanto las voces con cantos y consignas, para que las escuchara a través del viento el mismísimo presidente, aunque este se hiciera el sordo y fingiera realizar actividades de su cargo. Se respiraba en el ambiente una especie de júbilo acompañado de una pulsión colectiva destinada al cambio y a la ruptura de todo aquello que estuviera impidiendo el progreso del pueblo. Cecilia lo sabía y no desaprovecharía la oportunidad de gritarles sus verdades, subió a la tarima y tomó el megáfono con el temple y el colorido que la caracterizaba; y ya Viviana preparaba su móvil para capturar el momento.

—Queridos y queridas camaradas, estoy aquí para hablarles como mujer, como ciudadana de este país, pero también como ser humana abiertamente lesbiana.

La masa revivió alzando sus banderas y celebrando la

arenga de su compañera, trompetas y música se escucharon al instante y una vez que la oradora reinicio el discurso, los oyentes asumieron de nuevo el rol de atención.

—...A lo largo de los últimos cuarenta años nuestra comunidad ha luchado por espacios de reconocimiento, la sociedad en general aún no ha entendido que somos personas normales, con las mismas intenciones, deberes y derechos que el resto de la población. Claro está compañeros y compañeras que dentro de esas similitudes también existen diferencias, que van desde los aspectos individuales hasta los intereses personales de asociación. Nuestra lucha camaradas, es para no permitir que sistemas políticos, ni religiosos, conservadores y dogmáticos irrespeten nuestra libertad de decisión y libre albedrio, no somos extrañas a la humanidad y por lo tanto pertenecemos a ella.

De nuevo los gritos de aprobación se dejaron escuchar y resonaron cohetillos bajo las botas de los soldados tras las vallas.

—...También compañeras, no dejemos de lado que la lucha organizada es por las y los desprotegidos, por los perseguidos por las y los vulnerabilizados; cada campesino que no tiene tierra para sembrar y darle de comer a sus hijos porque le fue arrebatada por un terrateniente oligarca, merece nuestra apoyo y solidaridad; toda persona desempleada y orillada a la miseria y a ser la última de las últimas, merece nuestro apoyo. Así que abajo todos los regímenes ineptos, opresores, que infunden terror y persecución, solo para continuar gozando de los beneficios del poder corrupto, en menoscabo del propio pueblo. ¡ABAJO! —Gritó en señal de indocilidad, extendiendo su brazo izquierdo al cielo, quizá buscando ser una antena de transmisión radiofónica que extendiera su alocución a los cuatro puntos cardinales de la nación.

Cecilia bajó de la tarima después de ser abrazada y felicitada por el personal. Viviana corrió a encontrarla y le colocó un beso de congratulación. El júbilo continuaba aunque la tarde se marchaba y el plantón dejó de estar atiborrado. La pareja fue de las últimas en dejar la calle, decidieron pedir un taxi para dirigirse a la fiesta que se tenía preparada en honor a un cumpleañero.

Inés continuó disfrazado de opositor, tomó otro taxi para seguirlas y para hacer un reconocimiento del lugar, esperó que las damas entraran a la casa y en el mismo automotor se marchó en búsqueda de su jefe. Goyo y su coronel lo esperaban impaciente en el parque, ya habían estudiado el lugar de impacto, como le decían a los sitios donde arrojaban los cuerpos. Esta vez querían que tuviera uno mayor, ya no eligieron una calle oscura y poco transitada, se irían por la vía segura, al centro de la ciudad. Los tres dejaron el parque central en la camioneta que ayudaría a trasladar su producto. Esperaron fuera de la casa del cumpleañero, mientras comían tortillas, frijoles y se tomaban un litro de soda. Al filo de la una de la mañana, Goyo e Inés, las esperaban, las vieron marcharse de la fiesta por su propio pie, abrazadas tratando de no dejarse caer una a la otra, sin percatarse que estaban siendo vigiladas al otro lado de la calle. Ellos vieron cómo hicieron señal de parada a un taxi, el cual no se detuvo. Las vieron caminar una cuadra más, siempre abrazadas y risueñas.

—Presas fáciles —se dijo Goyo.

Antes de encender el automóvil ambos se volvieron un solo monstruo, Goyo era el hemisferio derecho e Inés el hemisferio izquierdo. Su sinapsis era tal que lograban observar la periferia de manera unánime, parecía que uno encendía el motor, el otro conducía el manubrio y el de la par pisaba los pedales. La sincronía en el actuar develaba práctica y conocimiento de cómo raptar gente. Las dos mujeres les ofrecieron poca resistencia, los alaridos ahogados por las palmas de sus manos, por supuesto que fueron insuficientes.

Maniatadas y a oscuras no podían más que sentir mucho miedo. Escuchaban voces de hombres en el cuarto contiguo e intentaban verse sin resultados, pero su instinto de sobrevivencia aún les permitía mantener la calma. Viviana palpó su teléfono celular en la bolsa de su suéter y ambas pensaron simultáneamente que a la primera oportunidad debían sacarle fotos a sus captores. Como pudo Cecilia desató una mano y logró zafarse la venda en sus ojos, intentó hacer lo mismo con su compañera pero solo logró quitarle la mordaza que le tapaba la boca. Viviana le señaló con sus labios el bolsillo, Cecilia optó por tomar el celular y se arrastró hacia el listón de luz que emergía de la hendidura en la pared de adobe. Cecilia dirigió su vista a un solo ojo, a través de la ranura, y encontró del otro lado a un rostro conocido, pudo reconocer al Coronel vocero de la policía militar, quien casi todos los días brindaba declaraciones en los medios de comunicación, precisamente sobre actos violentos y de las supuestas acciones que su organización gubernamental implementaba contra facinerosos y demás crimen organizado.

Hasta que la puerta de la habitación se abrió dando paso al monstruo, pero también dejando entrar la luz blanca de la otra habitación. Cecilia y Viviana intercambiaron miradas de horror, ambos hombres las tomaron del pelo, sin darles oportunidad a escapar. Antes, Cecilia hizo una maniobra con el teléfono celular que la misma Viviana no observó, el aparato quedó bajo una silla dejando ver por cinco segundos que la misma estaba hecha de plástico. El monstruo dejó ver sus colmillos, todo su cuerpo y mente tenían el objetivo de provocar daño, su fuerza se duplicaba cuando propinaba golpes en sus cuerpos. El monstruo miraba mujeres fáciles, su cerebro recibía imágenes de un par de zorras que habían decidido salirse de la jaula y que por eso había que castigar. Miraba órdenes que seguir y objetivos en el suelo. El monstruo decidió colocar su pie en la garganta de Viviana, ella peleó aguerridamente, sin embargo aún tenía las manos atadas y todo esfuerzo le fue inútil, dos minutos después la bota del monstruo le impidió que llevara oxígeno a sus pulmones. Cecilia gritaba y peleaba, mientras recibía golpes, su indocilidad complicó al monstruo, consiguió dejarle varios arañazos en la garganta y uno que otro golpe en la cara, aunque esto provocó más su ira. Este no pensaba, más bien se dejaba llevar por el impulso de acabar con la zorra desbocada.

Ella se desmayó del último golpe, lo que dio oportunidad al agresor de reconocer su cansancio, salir del cuarto e ir por un vaso con agua, jadeando como lo que es, como un monstruo. Una vez en el espacio contiguo a la cámara de torturas, el monstruo se dividió y los hombres retomaron su individualidad, los dos sudando y babeando, avergonzados porque dos mujeres los habían puesto en apuros. El Coronel entró a la zona de la masacre con linterna en mano, logró distinguir el cuerpo de la mujer muerta, moviendo con su pie el brazo, sin esperar una reacción. Supo que la otra mujer aun gemía en algún lugar de la habitación, llevó la luz de su lámpara al resto del lugar, esta pasó por los lazos en el suelo de tierra, por los zapatos tirados a lado de Viviana, miró sangre desparramada en el lugar y ropa tirada. Levantó la silla de plástico y se percató de un dispositivo celular en la esquina, lo tomó, saliendo inmediatamente de la habitación.

—Par de hijos de puta, cuantas veces les he dicho que los revisen bien antes de empezar. Poniéndoles el móvil casi en sus narices.

—Disculpe mi Coronel, creí que todo lo andaban en las carteras —dijo Inés.

—Ahora me van a averiguar si hicieron llamadas o mandaron mensajes y me van dar los nombres de cada dueño de número, si no van a quedar peor que esas pendejas.

Goyó tomo el aparato y al revisarlo logró ver un mensaje enviado, al abrir la imagen adjunta vio la foto de su Coronel de cuando recién les hablaba. Justo antes de entrar al cuarto donde tenían en cautiverio a las mujeres, anotó el número telefónico en su celular y encolerizado entró a la habitación de torturas a terminar lo que habían empezado.

TERCERA PARTE

La realidad superó la ficción y ahora es mejor cambiarla por un sueño.

Capítulo XIV

Mientras caminaba a través del pasillo lo observaba tras los libreros, ella trataba de ocultarse, de ese sentimiento de vergüenza provocado por decir su nombre sin pensar siquiera en las consecuencias. Un bombeo sanguíneo extralimitado y constante le provocaba abrir más los ojos y le ayudaba a verlo tras los libros sin comprender las razones de su imperioso recuerdo. Si, su nombre era Marcos, pero aún no se enteraba porque le reconocía, le ocurría un emparentamiento objetivo entre cara y nombre, pero aun carente de la subjetividad que la llevara al entendimiento y esa sensación le avergonzaba demasiado. Nada en las leyes de su mundo le podía explicar esa incertidumbre, había identificado en sí una sensación nueva, la de no reconocer ni comprender un sueño, por lo que supo que tenía que indagar más y eso sería posible solamente acercándosele; entre su instinto de supervivencia y su instinto de marinera pescadora, actuaba ya el de arrojar su primer anzuelo.

—Disculpa, traes algún libro para intercambiar.

—Hoy solo tenía pensado leer el diario y tomar algún café —respondió Marcos.

—Igual son dos euros por las dos cosas, vale.

—Si, cuando termine te lo cancelo.

Al parecer el anzuelo no era lo suficientemente inteligente como para profundizar en las respuestas, sin embargo había captado en primera instancia un acento extranjero, algo latinoamericano, quizá mexicano o colombiano. Acto seguido había mucha gente en los pasillos y el hombre de la gabardina gris caminaba buscando otra lectura por el pasillo.

—Buscas algún autor de tu país.

—Por lo que veo de mi país se lee poco, aun no veo algo

que venga de allá. Pero sería una gran sorpresa encontrarme algo.

—Vale, pero si me dices qué buscas puedo ayudarte mejor, la literatura colombiana y mexicana están por el tercer pasillo.

—¿Creés que soy de México o de Colombia? Pero entiendo, de igual manera en mi país somos pocos y los que viajamos aún menos, es por eso que no tenés algún referente, veo que no tenés de nuestra literatura.

Lorena pensó que el segundo anzuelo había despertado algo, aunque no haya seguido los efectos esperados por ella, pero esto había estimulado aún más su curiosidad.

—Entonces podrías decirme quienes son los escritores referentes de tu país, talvez he leído algo y pueda darte una mejor opinión —le arrojó el tercer anzuelo.

—En mi país, más bien en mi paisaje como yo le digo, también hay buena literatura, talvez ha llegado a tus manos algo más contemporáneo, que es muy buena, pero al tener menor difusión por factores generacionales es mejor evocar a los clásicos.

Lorena sabía que lo que se venía ameritaba tener un café que amortiguara el intercambio. El sueño de Marcos quiso que de repente se situaran en una cafetería, ambos podían oler el aromatizado por el aire, las demás personas también se encontraban sentadas en un sitio cálido, con el griterío característico de los espacios públicos. La azafata con pechos abundantes y caderas redondeadas acababa de depositar en su mesa dos tazas de café, con una bandeja de rosquillas y ellos entendieron que si eso no era una cita, al menos se trataba de un encuentro entre dos personas que se debían algo, talvez información.

—Pues te hablaré primero de Froylan Turcios —le dijo Marcos—. Un genio de las letras. Él amenazó con quemar sus escritos antes que verlos publicados por politiqueros, en ediciones burdas y carentes de belleza. Escribió desde todos los géneros literarios con naturaleza exquisita.

—Que fuerte ¿no? —replicó Lorena—, preferir quemar su obra a verla mal expuesta, dice mucho del amor por lo que hacía.

—Si, en mi paisaje se han requerido tomar posiciones radicales para hacerse valer; te sublevás o huís. Hubo otro escritor de nombre Juan Ramón Molina. Este decidió exiliarse y se dice fue el primer poeta nuestro que salió del país; recuerdo que escribió esto en "pesca de sirenas". Marcos afinó su garganta y contrario a su naturaleza cohibida, declamó: "*Péscame una sirena, pescador sin fortuna,/ que yaces pensativo del mar junto a la orilla./ Propicio es el momento, porque la vieja luna /como un mágico espejo entre las olas brilla.*"

Al escuchar a Marcos recitar ese fragmento, Lorena se vio descubierta, un delicado candor rosa se apoderó de su cuello, justo abajo de su oreja, allí donde acababa de existir su mechón y al mismo tiempo una vaga idea de ciertos anzuelos se le cruzaron por la cabeza, así supo que ese momento lo había buscado y se percibió como una pescadora triunfante, talvez identificada con tan maravillosa alusión literaria.

—Háblame más de tus escritores, ¿cuáles te gustan a ti? —continuó preguntando Lorena.

—De mis compatriotas también me gusta Lucila Gamero, ella es considerada la primera narradora feminista, quien defendía los derechos igualitarios entre hombres y mujeres en una época bastante oscura para las mujeres. Y además te puedo hablar de otra gran mujer, Clementina Suarez, era una escritora irreductible, ambas son ejemplo para estos tiempos de oscurantismo patriarcal.

Aunque Lorena satisfacía ya su curiosidad, tenía la intensión de conocer más sobre el pensamiento de ese hombre influido por las luchas de esos grandes personajes que nombraba.

—Ramón Amaya Amador —continúo relatándole Marcos— fue un narrador de la realidad social que padecían los trabajadores y campesinos de su tiempo, hablaba de su pobreza y de su explotación, pero creéme poco o nada ha cambiado de esa época a la actual. Y esto me lleva a declamarte algo de Roberto Sosa, un poeta más contemporáneo.

Entonó de nuevo su garganta y se dispuso a recitar:

—*Los pobres son muchos / y por eso / es imposible olvidarlos…*

Lorena le atajó la intención y ayudada de una imaginería propia de su mundo, sumó sus frases siguientes a las de Marcos. El acento andaluz afloró de su boca y se concatenó al de su interlocutor y al unísono continuaron recitando:

… Seguramente / ven en los amaneceres / múltiples edificios / donde ellos quisieran habitar con sus hijos. / Pueden / llevar en hombros / el féretro de una estrella. / Pueden / destruir el aire como aves furiosas, / nublar el sol. // Pero desconociendo sus tesoros / entran y salen por espejos de sangre; / caminan y mueren despacio. / Por eso / es imposible olvidarlos.

Lorena no pudo más que sonreír ante su descubrimiento, vio como el mismo gesto iba dibujándose en el rostro de Marcos, casi viéndose en un espejo; además que sin saberlo tenía ambas manos reposadas en las del otro y esto a ninguno les molestaba.

—Ahora sé de dónde eres, conozco de tu país —le asevero Lorena— ese poema también lo conozco… tengo un poemario de Sosa en mi estante, siempre me ha parecido muy delicado pero tan crudo a la vez; esos versos nos recuerdan del poder de las masas, de los sin nada que son la mayoría, pero ese poder aun duerme en la ignorancia y nos llama, más bien nos obliga a estar pendientes.

—Me alegra que conozcás de mi paisaje —contestó Marcos.

—Ahora sé porque estoy aquí contigo, creo que te conozco desde siempre y solo necesitaba redescubrirte, mi intención de conocerte era llegar a esto, si bien no somos eso que llaman la una para el otro, sé que somos al menos el inicio de algo especial. Creo que te he querido siempre —le enfatizó Lorena, viéndolo con sus ojos café claros resplandecientes de cariño.

—Te he visto en todos mis sueños, inexplicablemente… y no entiendo porque siempre te encuentro en ellos —exclamó Marcos, arropado ya por la certidumbre de que su sentimiento era correspondido. —Te he seguido por estas calles que ahora reconozco más que las de mi ciudad. Y ahora que por fin hablamos, descifro mi interés y la necedad de nuestro destino. Y es cierto, no somos eso que dicen el uno para el otro pero lo que une nuestros mundos sabe que algo más es posible. Algo en el universo ha decidido más allá de nuestras facultades que…

Por alguna razón extraña a su conocimiento, mientras Marcos abría su corazón para confesarle, quizá su amor o algo más descabellado y carente de lógica, Lorena observaba que la imagen de Marcos se difuminaba por momentos, no obstante lo veía expresarse, lo miraba invertir sendos esfuerzos en hablarle, sin embargo ya no escuchaba su voz. Lorena tenía la seguridad que su intención era trasmitir todo lo que sentía por ella, ahora sabía que el sentimiento o lo que eso fuera, ya era mutuo, pero algo le impedía a Marcos concretar su meta. Ella sacó un bolígrafo de su bolso y comenzó a escribir en una servilleta, con ganas de dejar evidencia material si es que en su mundo cabe llamarlo de esa manera. Alguna inspiración o conspiración en su mente quería dejar prueba de ese encuentro y sobre todo ese sentimiento, porque sabía que pronto todo eso lo iba a olvidar, mientras miraba la imagen de Marcos desvanecerse completamente para dejarla sentada allí, sola, con media taza por terminar. El café caliente pasó apurado por su garganta y tomó una rosquilla de chocolate para morderla, sin soltar la suya hizo a un lado la taza medio llena que tenía enfrente y terminó de escribir en la servilleta. Después de leer el diario abandonó la cafetería y la camarera de caderas redondeadas recogió la mesa incluyendo aquel papel en el que aquella actriz de sueños acababa de plasmar sus sentimientos.

Capítulo XV

Él despertó más triste que al dormirse en la noche anterior, los asesinatos de Cecilia y Viviana lo habían dejado con profundas heridas y ahora presiente que no se cerrarán jamás; se aúna a ese maldito sentimiento de pesadumbre, en el devenir de su reciente sueño sostuvo una amena pero insuficiente plática con Lorena, la mujer onírica que tanto ama. Si, ahora sabe que la ama y que le podría rendir honores, sin embargo sabe que no pudo terminar de declararle ese amor gracias a un insano despertar, obligándole a dejarla nuevamente sola en aquella cafetería. Nunca estuvo tan cerca de completar su meta, su sueño dentro del sueño. Y recopila desdicha. "¿Qué estará pagando?" Se pregunta. "Talvez nada". Se contesta. Talvez esto sea solo parte de la vida que le tocó vivir. Pero "¿Por qué Cecilia?" Piensa que esta maldita violencia que experimentan no pudo dejarla en paz y llevárselo a él… o a otros, pero también piensa que nadie merece morir de esa manera.

—Maldita vida —se reprocha.

Decide que no asistirá a su trabajo, también decide que en ese sitio ya nada será igual, si ya antes de este dolor le pesaban los pasos para levantarse, ahora lleva bloques de cemento pegados a sus pies, la pasión para obtener fotografías no volverá a ser tal. Asume que en cada caso que participe estará Cecilia andando en sus fotos como otro fantasma velado. Y no necesita otro fantasma. Los gatos maúllan al lado de su cama con un son de hambre, se recuesta sobre un costado para poder levantarlos y tanteando el suelo descubre a su teléfono celular, recuerda que hace un par de días no lo veía, lo creía perdido en el bar donde estuvo con su querida camarada Cecilia. Ahora todo le recuerda a ella, se levanta y tira el aparato en la cama de todos modos se encuentra sin carga, olvida dar de comer a los gatos y se dirige al baño a orinar mientras piensa que llamará a su jefe Bartolo avisando de su inasistencia y vuelve a recordar su teléfono.

El andar de su vista lo obliga a mirar de nuevo la pizarra de corcho en la que ha colocado las fotografías de los últimos casos, suman a este repertorio las fotos del día anterior, en donde aparece de nuevo el costal en el que creía estaría el cadáver de un hombre grande. Por inercia se acerca hasta quedar a un paso de la telaraña de lana que entrelaza cada instantánea, aún falta colocar la que se encuentra en la mesa, la toma pero antes de pincharla con el sujetador observa algo que le llama poderosamente su atención. En la imagen de la multitud hay un hombre que cree ha visto antes, talvez en su trabajo o en la calle, talvez es alguien que vio en su momento y que en su facilidad mnemotécnica intenta cruzarlo con la figura. O talvez no es nada, ni nadie. De nuevo se le viene a la mente su amiga, recuerda esas confidencias frente a la ventana, en donde pasaron los últimos veinte años intentado crear otro tipo de telarañas y no esa maraña que ahora está enfrente de él. La curiosidad que le caracteriza y casi sin enterarse, hace que se dirija al otro extremo de la lúgubre habitación en búsqueda de una lupa. Ese ojo de gavilán aventurero no quedará tranquilo hasta que sepa con quien emparentar ese rostro que casi se esconde tras una mujer con un bebé. En medio de la seudo-búsqueda, divisa una cajetilla de cigarrillos, si hay algo que pudiera distraerlo es fumarse un pitillo, aunque pueril le ayuda a acompañar su nostalgia. Después de permanecer con la vista al espacio y la colilla en la boca por un par de minutos, el humo caliente lo trae de regreso y ahora busca en el piso. Allí está, es la lupa cristalina que usaba su padre para ver los detalles revelados.

Alguien toca la portezuela, nunca alguien había sido tan sutil en tocar a su puerta, lo que hace quiera saber quién se encuentra del otro lado. Es la vieja de la casa que tantas veces ha insultado a sus gatos, esta vez su rostro parece menos expresivo, solo puede ver en sus arrugas un profundo sobrecogimiento y unos ojos con telares a punto del llanto. La anciana le dice que se acaba de enterar en las noticias sobre la muerte de Cecilia, que después de todo ella la albergó por tanto tiempo y ahora reconoce que también la quería mucho, y cierra el mensaje con un sincero: "lo siento mucho". La visita inesperada de la dueña del edificio ha provocado en Marcos algo que su cerebro había estado evitando las últimas veinticuatro horas. Después de cerrar la puerta, apoyó su espalda a la madera y se dejó caer hasta quedar sentado en el piso, las lágrimas llegaron como una tormenta a sus mejillas y por fin expresó su agonía. Cada filamento de su rostro compartía el dolor, enunciaba la ira, anteponiendo sus sentimientos a la condición comúnmente hierática que se le asignaba. Cada músculo de su cuerpo emanaba un rio rojo de desdicha. Marcos lloró a cantaros y pió como un polluelo herido.

El tiempo transcurrió y no supo cuánto, poco a poco todo su ser volvía de las llamas del infierno. Recuerda que ese ardor en el corazón lo sintió antes, fue aquella noche cuando encontró muerto a su padre. Pero continúa con la lupa en la mano, esa herramienta y la curiosidad hacen que por fin se dirija a la mesa a observar la fotografía de la multitud, aproxima el lente con cautela y ve a su objetivo, aunque no tan claro parece ser un hombre con gorra y lentes. Esto lo hace enfocar una fotografía de la pizarra y repite la acción, con menos dificultad se percata que es el mismo hombre. Continúa despegando y pasando el cristal de aumento por las demás fotografías, las de los casos que ha estado según él investigando, pero que al final reconoce más bien que colecciona, dándose por enterado que el mismo hombre aparece en todas y cada una de las imágenes que tomó en tan distintas escenas del crimen. Una corazonada hizo que casi le explote el pecho, se trataba de un estallido de adrenalina que le hacía olvidar los bloques de cemento en sus pies y la pesadumbre. Y presiente que tiene una pista y que solo falta seguir indagando en los archivos de su oficina y así localizar más información sobre ese personaje, de quien solo intuye que no representa una imagen casual en sus fotografías. Quiere llamar a su jefe Bartolo, piensa en pedirle que vaya adelantando los archivos mientras él llega, toma el teléfono celular de su cama y maldice el momento en que no pensó en cargarlo. Ahora su prioridad es conectar el maldito aparato. Lo enchufa mientras más imágenes se le vienen a la mente, repasa todos los momentos en que sirvió como perito certificado y las imágenes que tomaba en las distintos sitios de los asesinatos, quería traer al consciente algo que le ayudara a seguirle los pasos de esa persona ahora no tan misteriosa. Recuerda al menos cinco lugares donde se arremolinó tanta gente, y está él allí, siempre es el mismo, en algunas aparece sin el ataviado de la víscera y sin los lentes, en esas imágenes es más fácil reconocerlo.

¿Cómo puede ser casualidad que esté en todas las escenas del crimen? El pitido corto de su celular le avisa que hay una mínima carga, esto le permitirá realizar la llamada a su jefe. Enciende el aparato y observa que en el menú de inicio hay una alerta de mensaje desde el teléfono de Cecilia, pero piensa que eso puede esperar, lo verá después. Pero Bartolo no responde. Se viste, mejor dicho se coloca la camisa del día anterior y decidido baja las escaleras apolilladas de su edificio, mientras que simultáneamente vuelve a la intención de ver el mensaje que le dejara Cecilia, el archivo se abre apenas pone un pie en el último escalón y logra ver una fotografía del relacionador público, reconoce al coronel de la Policía Militar. Un segundo no le fue suficiente para acertar sobre el archivo digital y sobre la corazonada en su pecho, ya que un momento antes de sumar un paso más a su carrera y procesar la siguiente idea, Marcos cayó inconsciente debido a un fuerte golpe propinado en la parte trasera de su cabeza.

Capítulo XVI

Alguien ha visto a Marcos! —gritó esa mañana Bartolo a sus compañeros de oficina, sin soltar el choripán de turno—. Es que recibí una llamada de él pero me di cuenta tarde y ahora que lo llamo no responde.

—No ha venido jefe —respondió alguien tras su escritorio.

—No es normal que falte, pero supongo que en estos momentos no es para menos, después de lo de ayer supongo que estará totalmente indispuesto —acentuó el jefe Bartolo.

—Al medio día iré a verlo a su casa —esto último se lo dijo a sí mismo.

En la oficina de Marcos se sentía también un ambiente inesperado de pesadumbre. En un lugar donde se debería estar acostumbrado a la sensación oscura que deja la verdad detrás de las mentes criminales. Allí donde se tratan indicios dignos de una novela gótica, que de no ser porque están probados científicamente se diría que son producto de los escritores medievales más brillantes. Donde a diario los técnicos deben codearse con el hastío de violaciones sexuales a infantes, homicidios atroces y lesiones horrendas; allí donde compaginan fotografías de escenas verdaderamente terroríficas y espeluznantes con restos de seres humanos; y que paradójicamente son causadas por alguien de la misma especie, de la misma que es capaz de generar productos tan sublimes y llenos de sentimientos hermosos, como el arte y la música. Allí donde abunda la ciencia y que debería en ese momento sobrevenir en ellos la obviedad que provoca la experiencia de años tratando casos forenses. Allí, en cada rincón del laboratorio también se sentía el sobrecogimiento. La tristeza de Marcos se había impregnado en las paredes y el techo, ahora chorreaba hilos de sangre hacía el piso, dejando cauces marcados por doquier; quizá eso les impedía volver a la frescura cotidiana de trabajar con la violencia o quizá es que todos por allí habían recibido un golpe de realidad. El jefe Bartolo estaba incómodo y en su cabeza se hablaba para adentro, como que su mente trataba de buscar en sí misma a alguien que pudiera darle las respuestas que necesitaba. Dejó el pan con carne a medio terminar y ahuyentado por un frío en su espalda tomó la chamarra del perchero y gritó para todos los presentes o más bien para nadie.

—Regreso pronto, voy a caminar.

Acababa de dejar su comida en el escritorio y ya pensaba nuevamente en comer, mientras salía del edificio de ciencias forenses. Esto le enojaba. Estaba enojado con todo, quería agilizar su caminar, a pesar del jadeo, con tal de escapar de aquellas cuatro paredes que percibía húmedas de muerte. Recordaba a Cecilia. La conoció por Marcos cuando éste la llevaba al bar del centro y compartía sus tertulias nocturnas. La recordaba de dos días antes, cuando ella le colocó un beso en la boca a la amiga Viviana. Continó caminando y sus pasos meditativos lo llevaron a posicionarse frente a la iglesia catedral donde fue bautizado; pensó en los valores cristianos con que su madre lo educara. Estaba convencido que las relaciones con el mismo sexo no están permitidas por sus creencias religiosas, pero también que tampoco se permite un asesinato —No Matarás— y que pese a eso nadie en esa iglesia se escandalizaba por los encostalados, al contrario, se escandalizan por los besos entre pares. Se recordó a sí mismo y sintió vergüenza, por no ofenderse oportunamente de todos los asesinatos que ha tenido que ver en los últimos tiempos. Tuvo que ocurrir la muerte de Cecilia para caer en su indiferencia. Siguió con su andar y casi enfrente de un hospital se preguntó retóricamente, sí se pudiera dar atención a todos esos enfermos mentales que asesinan a los demás, ¿Algo cambiaría?

—¿Es realmente viable? —se preguntó—. Pero que ingenuo sos —se contestó.

Alcanzó a observar desde su trabajo que la mayoría de las personas que provocan actos de violencia actúan de manera normal y no demuestran estar enfermos. Por lo que creía que el problema radicaba en algo más pronfundo. ¿Entonces, qué los puede motivar a realizar actos tan atroces contra otras personas? Bartolo procedió con sus cavilaciones, acompañado de sí mismo, se preguntaba y respondía en voz alta, pero nada satisfacía su dilema. Para los peatones que lo miraban hablar solo, era un loco más que se sumaba al paisaje de desesperanza de su ciudad y donde cada vez es más natural presenciar fabulosos orates.

Fue sacado de su recóndita abstracción y ensimismamiento por la bocina ensordecedora de un autobús, cuando a mitad de la calle esta le previno de presenciar su posible atropellamiento. Se encontraba al amparo del sol del mediodía, sudaba como un cerdo y sin saberlo se había acercado a la casa de Marcos, puede ser que motivado por la intención original de ir a visitarlo. Unas calles antes divisó a lo lejos a Milo, el primo de Marcos. Este le participó que al enterarse de la trágica noticia también había decidido ir a demostrarle sus condolencias a Marcos. Poniéndose al tanto ambos decidieron pasar por un café e intercambiar ideas. Aunque el apesadumbrado Bartolo casi le rogó, Milo también lo creía necesario.

—Entonces decime Milo, ¿Qué creés vos que los pueda motivar a cometer actos tan atroces hacia otra persona, están locos, es acaso el odio entre seres humanos, a lo desconocido o a lo diferente?

—Cuando se relacionan la saña y el dolo en una víctima que pertenecía a un grupo vulnerable, se puede tomar como un crimen de odio, nada se puede descartar. —Le respondió Milo, quien por su formación en la lucha política tenía mayor conocimiento sobre las mentes criminales. —Pero también, todas las pesquisas que ustedes me han comentado, en su mayoría tienen que ver con la relación de poder de alguien sobre otro, o de un grupo sobre otro; cuando alguien tiene la impresión que posee el poder para hacer cualquier cosa sin que el sistema le castigue.

—¿Y sí es el mismo sistema el que motiva dichos actos de violencia, como tantas veces me explicara Marcos?

—Es evidente que se debe a una combinación de varias cosas, puede ser que un asesino crea que tiene la autoridad para matar, que el sistema se lo permita o se lo otorgue, aún más que el sistema sea quien lo ordene y dicho sea de paso que hasta lo premie. Esto nos lleva a otro motivante: el dinero. Es decir que poder, dinero, corrupción e impunidad son las principales razones que rodean estos hechos.

—¿Entonces qué hay de trasfondo en todo esto? —Se preguntó Bartolo casi sabiendo la respuesta.

—Acordáte que en algunos casos los crímenes tienen historia, tienen antecedentes y relación entre sí, en esos casos es más probable que haya una situación personal o situaciones de índole civil o circunstancial que puedan motivarlos.

—Entonces en el caso de Cecilia y su amiga, es un crimen de odio a su orientación sexual, sabemos que existe y es probable también que detrás exista una red criminal más organizada, porque hay relación de una escena a otra, es sistematizado y esto solo puede responder a un alto grado de organización logística y de recurso humano; y además, según las investigaciones no existe una razón premeditada de alguien cercano para matarlas. —Bartolo estaba teniendo una epifanía.

—Exacto —le aprobó Milo. Además que en los casos que ustedes han observado, no se dejan rastros tan obvios, lo que indica que los asesinos tampoco son psicóticos o enfermos mentales, de quienes se esperaría una escena del crimen más fácil de leer. Estos casos no son perpetrados por locos, todo lo contrario, son personas que disciernen bien sobre la realidad.

—Sí, entonces todo indica que una relación de poder personal, político o ideológico provoca cometer tantas muertes en escenas muy parecidas.

—Y dicho sea de paso, Bartolo, no llegan a sentir remordimientos, ni ninguna pena por sus acciones, prueba de eso es que continúen botando por toda la ciudad tantos cadáveres encostalados.

—¿Pero quién puede estar tan interesado en crear ese ambiente de terror y estar dispuesto a tener que asesinar a tanta gente?

—Mi querido Bartolo, creo que ya te lo has respondido anteriormente. ¿Quiénes son los órganos del Estado encargados de "aplicar las reglas obvias que cuidan el sistema"? –entre comillas, le dejó entrever Milo, levantando los dedos índice y medio de cada mano.

—¿Cómo no he podido darme cuenta?

—Y casi es un hecho, estimado Bartolo, que en esa complicidad macabra nunca salen a la luz los autores intelectuales, porque quedan ocultos tras la misma superestructura, a lo sumo se puede llegar a atrapar a los peones y a los sicarios, estos se pueden ir auto-incriminando por los rastros físicos que al fin y al cabo dejan y que son los que buscan ustedes con su trabajo forense.

—De hecho, hay un montón de cabos que se pueden ir atando, pero la verdad Milo, no sé a dónde es que se estanca todo esto.

—Pues es precisamente el sistema de impunidad que lo va engavetando a propósito —concluyó Milo.

La plática demoró lo que demora beberse un cortadito cubano, luego decidieron continuar en dirección a la casa de Marcos. Ambos tenían el deseo de abrazar a su amigo. Bartolo ya se encontraba un poco más claro en sus ideas y sobre todo le había embargado un tremendo interés por indagar más en los casos que Marcos y él mismo habían remitido.

Bartolo gritó desde la calle en diferentes ocasiones el nombre de su amigo. Los dos veían la ventana de enfrente creyendo que Marcos saldría con medio cuerpo desnudo a arrojarles las llaves del portal. Pero nada de esto ocurrió.

Quien salió, pero desde la ventana contigua fue la dueña del edificio.

—¡Ya bajo muchachos, espérenme! —les gritó tenuemente, la señora.

Creyendo ser futuros receptores de un mensaje de Marcos, se sentaron a esperar en las gradas sin ser presas de alguna impaciencia.

—¿Qué tal, cómo están? —Los saludó—. Supongo que Marcos no está en su casa, hoy le fui a dar el pésame y lo encontré bastante dolido y distraído, seguro que fue a dar un paseo, porque cuando salí a barrer la acera me encontré con su celular tirado, lo dejó caer en las gradas sin darse cuenta, el pobre anda bastante atribulado… pero tómelo para que cuando lo mire se lo regrese por favor.

Y entregó a un sudoriento Bartolo el aparato, sin saber que era una estafeta que daba continuidad al destino.

—Gracias señora —le contestó. Pero si usted lo permite vamos a entrar a esperarlo, de igual manera él va a tener que regresar tarde o temprano.

—Claro, como ustedes quieran, solo que si pueden hay que darles de comer a esos gatos porque han estado maullando toda la mañana.

Subieron las escaleras apolilladas y se dieron cuenta que la puerta era casi una cortina delgada de lo que una vez fue madera, los gatos esperaban del otro lado y tras abrirla los vieron correr hacia la calle. Cuando entraron distinguieron diversas fotografías desparramadas por la mesa y enfrente, en la pared más larga, se encontraron con aquella telaraña de lana que entrelazaba las fotografías de cuerpos encostalados y que acercándose un poco más podían mostrar también sendos y horrendos episodios de saña y violencia.

—Mira Milo, este muchacho ha estado trabajando horas extras, yo sabía que estaba metido de lleno en esto, pero no me imaginaba que al punto de llegar a la obsesión.

—Pobre primo —contestó Milo—, te imaginás haber estado estudiando estas escenas escalofriantes durante meses y tener que haber trabajado también en el asesinato de su mejor amiga, mirá aquí tiene varias fotos de lo de ayer —replicó tomando una imagen debajo de la lupa—, algo estuvo observando recientemente.

—Enseñá.

El espíritu de investigación que había despertado un momento antes en Bartolo le hizo asir la foto y la lupa y repasar todos los detalles, sin embargo no logró encontrar algo fuera de lo normal. Pero como si se tratara de dejarse llevar por los impulsos, quiso encender el celular de Marcos, sabía que este no utilizaba contraseñas de inicio en ninguno de sus aparatos, debido a la ligereza que lo caracterizaba. Recordó que esa mañana Marcos había intentado contactarlo. Lo primero que vio es que tenía poca energía, lo conectó al cargador enchufado y empezó a ver las llamadas que había realizado. Mientras que Milo seguía entretenido viendo los cadáveres a través del lente.

—Conociendo a mi primo, a esta altura tuvo que haber encontrado alguna pista, no es casualidad que estas fotos estén en la mesa, si te fijás ya estuvieron colocadas en la pizarra porque tienen el agujero de la pincheta… deben tener algo en común.

Bartolo jadeando por su corta respiración se apresuró a dejar en la cama el celular, tomó las fotografías que le diera

Milo y comenzó su análisis. Milo intercambió el rol y se dirigió a ver el celular. Ambos estaban presintiendo algo, pero aun no sabían que el albor estaba frente a sus sentidos.

Milo, revisó las llamadas que Marcos había realizado, observó que había intercambiado las últimas con su jefe Bartolo y con su amiga Cecilia. Instintivamente navegó en la carpeta de los mensajes y abrió el último.

—Bartolo ¿A qué hora aproximadamente mataron a Cecilia? —Le preguntó abriendo los ojos como dos lunas llenas.

Capítulo XVII

Apenas pudo despertar de una pesadilla febril y sintió un fuerte dolor de cabeza, no pudo ver a través de sus ojos y se supo vendado. También supo de sus manos atadas en la espalda y que encontrábase sentado y atado a una silla. Los movimientos pueriles que invirtió en desatarse le causaron dolor en los hombros, simultáneamente sintió litros de sangre bombear por las venas del cuello y chorros de sudor por su espalda. Un terror escalofriante empezó a recorrerle el alma cuando ya era presa de fuertes espasmos y de un nubarrón de pensamientos desordenados. Uno de ellos contenía a su padre… aunque sabía que estaba secuestrado… también venía a su mente Cecilia… cuando creía que pronto iba a morir… y le dolían los brazos… y luego regresaba a su mente el viejo… Marcos se preguntaba que querían de él, —"si no sabía más que tomar fotos— ¡Maldita sea¡"… estaba seguro que lo iban a matar de un tiro… Y veía de nuevo a su padre junto a su madre en aquella foto… pero el pecho le dolía y casi no podía respirar… "¿Por qué me tienen atado estos hijos de puta?" se preguntó… pensó en gritar y lo hizo, pero se descubrió una tela en la boca… pensó que en verdad son unos malnacidos hijos de puta y regresó a la imagen de su padre. Volvió al momento cuando le obsequió una cámara, aquella Nikon mecánica de 1982 que usara en los viajes por Europa, cuyo gesto le agradeció infinitamente ya que esto le haría entrar al mundillo del arte de la fotografía y que años después lo haría formarse como un profesional. Gracias a ese recuerdo, Marcos sacó de alguna parte de su ser la fuerza para cortar a propósito el remolino de pensamientos, y allí mismo, en los más recóndito de su mente, inició una búsqueda de las últimas imágenes en su cabeza; el dolor en la nuca lo situó de nuevo en las escaleras de su apartamento y recreó de nuevo ese último momento: cuando salía de su casa hacia su oficina en búsqueda de más información alguien lo había golpeado, seguro se había desmayado y lo tenían secuestrado; buscaban algo de información, de no ser por esto ya estaría muerto en alguna quebrada.

El pánico seguía hinchándole las venas, podía escuchar los latidos de su corazón y olas de sudor helado recorrían todo su cuerpo; nada había cambiado excepto que ahora su habitual racionalización lo estaba alcanzando. Ayudado de una concentración propia de un ave en medio de una perrera, trató de ir analizando su entorno con los sentidos que aún podía utilizar. Sentía cada vez más frío por lo que creyó que el sol estaba por ocultarse, un leve y velado resplandor se colaba a través del trapo y lograba divisar luz a su izquierda. Podía oler a lo lejos un aroma a fango o podía ser abono orgánico y lo hace situarse fuera de la ciudad, casi atrás de este olor también podía percibir la fetidez de sangre seca. Escuchaba murmullos y algo de música en algún sitio contiguo, talvez campesinos, pero pensó que también podían ser sus captores. Estaba descalzó y sentía tierra en sus pies, aunque los nudos llegaban a apretar sus tobillos a la silla. Sentía la camisa y su pantalón, y una leve inclinación en su glúteo derecho lo hizo reconocer que no tenía su billetera en el bolsillo. ¿Y su celular? Tampoco sentía su celular.

Le llegó como un rayo aquella imagen que había recibido de Cecilia la noche de su muerte. Era como sí de nuevo tuviera el aparato en sus manos y otra vez sus ojos pasaran inspección por la fotografía al abrir el archivo. Claramente observaba el rostro del relacionador público de la policía militar. Se trataba del Coronel que todos los días miraba en los medios de comunicación brindando declaraciones sobre la labor que realizan en su dirección.

Esa intuición oportuna de su oficio le hizo enlentecer su respiración y detenerse a pensar claramente. Sus ojos abiertos como platos atrás del trapo. Acababa de entenderlo todo. Escuchó que una puerta se abría de golpe, dos personas habían entrado y halando dos sillas pesadas se colocaron cerca de la suya. El miedo se desbordaba por su cuerpo y un nudo en la garganta impedía siquiera balbucear algo a sus captores. Sus ojos en vano intentaban divisar las imágenes que casi presentían sus otros sentidos.

—Te vamos a preguntar una sola vez. —Escuchó a su captor, se trataba de Inés que con tono amenazador había dado inicio al interrogatorio, mientras ponía sus callosas manos en sus hombros. —Sabemos que recibistes la foto, ahora queremos saber dónde tenés el celular y a quien más se la enviastes.

Marcos quiso por fin responder con un insulto, pero su voz era ahogada por el bulto de tela en su boca.

—Te vamos a quitar el trapo y queremos que nos respondás claramente y no te va a pasar nada si colaborás con nosotros. —Era la voz ronca de Goyo fingiendo ser más conciliador.

—No te lo encontramos, así que te repito perro hijueputa, ¿Dónde lo tenés y a quien más le enseñaste la foto? —Dicho esto, Inés le quitó la tela que le llenaba la boca.

Marcos lejos de intentar conciliar con ellos, justo al sentir su garganta libre les lanzó un grito de enojo:

—¡Ustedes son los hijos de puta!

Inés cumplió con la amenaza y le respondió con dos sólidos puñetazos justo en la nariz, provocándole brotar una cascada de sangre.

—No nos hablés así, andante con cuidadito, sabemos lo que investigabas, así que decinos a quien más se la enseñaste.

Inés profirió otro golpe, esta vez en la boca del estómago que lo ahogó por unos segundos.

Marcos, en medio de su falta de respiración, supo que

debía buscar tiempo y sobre todo provocar una distracción lo suficientemente larga, porque sabía que aunque les diera información, ellos lo iban a matar. Lo notaba en sus voces.

—¿Cuál foto? —tosiendo— Perdí mi celular hace unos días, no he recibido nada de nadie.

Goyo, el más preocupado por esa afirmación, sabía que de no recibir algún dato que los llevara a su siguiente cabo suelto, iban a recibir algo peor por parte de su Coronel, por lo que debía utilizar todas sus artimañas para poder convencer a su rehén.

—Mirá, te llamás Marcos Lara, vivís en el centro y trabajás como fotógrafo en la Dirección de Ciencias Forenses, sabemos que tenías casos asignados y que seguías la pista de alguien. No nos has visto las caras, si nos decís todo lo que sabes, te vamos a dejar ir y como que aquí no *haiga* pasado nada.

Marcos supo que esta era la oportunidad de alargar su tiempo y buscar en el transcurso una salida a su infierno. Intuía que alguno de sus captores era el hombre misterioso que había descubierto en las fotografías de las múltiples escenas y que Cecilia le había enviado el hombre de la fotografía que que ahora querían; así que iba a desviarlos a toda costa de que conocieran esa información.

—Miren, les puedo decir que aún no dan con algo que relacionen los casos. Lo más seguro es que los cierren si no se suma nada a las investigaciones... además yo solo tomo las fotos. Y tosió.

Mientras Inés apenas escuchaba lo que Marcos hablaba, pensaba en cumplir con sus órdenes, sentía la necesidad de terminarlo en todo momento, independientemente de que brindara o no lo que quería escuchar. Se levantó de repente y todo su cuerpo funcionó como una resortera solo para arrojar un poderoso puntapié en el rostro de su presa. Marcos pegado a su silla cayó al suelo provocándole una profusa herida en su frente. Y fingió un desmayo para ganar tiempo.

Goyo tomó por el cuello a Inés y con gesto evidente de furia lo llevo afuera de la habitación de torturas, recalcándole:

—Si seguís así lo vas a matar antes de que nos diga algo.

—Lo tenemos que calentar para que sepa que con nosotros no se juega —le respondió Inés, quien tenía los ojos rojos y desorbitados.

Goyo al verlo supo que nada de lo que le dijera haría cambiar la actitud depredadora de su compañero.

Marcos había logrado el propósito de ganar tiempo. La patada en el rostro había movido el paño que le impedía ver, su pie derecho había quedado fuera de la atadura de la silla. Este oportuno y talvez milagroso destino, lo hizo contonearse hasta aflojar las ataduras de sus manos y poco a poco fue soltando cada uno de los nudos. Tuvo una visión más clara de su entorno, que sin saberlo se trataba del mismo lugar donde su amiga Cecilia había tenido sus últimos minutos de vida.

En segundos y apoyado por la poca luz que venía de la habitación contigua, se hizo un panorama de la ruta de escape, miró los adobes que servían de pared y el techo de zinc desclavado de las vigas de madera.

—Vamos a entrar de nuevo y me vas a dejar hablar a mí —le ordenó Goyo—. Vos vas a actuar cuando yo te diga. Necesitamos que te calmés y tomes aire, porque ahorita no le toca, dejemos que nos diga lo que queremos saber y ya después procederemos como se debe.

Inés, sin asentir y tratando de respirar hondo cogió la calma que le solicitaba su jefe. Después de unos minutos que percibió como eternos, fue al baño por un balde de agua que sirviera para despertarlo. Ambos entraron al cuarto de torturas percatándose de la silla vacía, de las cuerdas en el suelo y del techo de zinc forzado en una de sus esquinas.

Capítulo XVIII

La metrópolis inmutable despedía olor a cadáver. Sus recovecos se convirtieron en plazas mortuorias edificadas por tiempos y hombres pérfidos. Teatro de luchas atroces, lastimeras victorias, pero sobre todo de horrendas actuaciones. Sus actores son repudiables machetes que se dejan caer filosos sobre cuerpos inocentes. A pesar de estar todos ávidos de justicia, ni sus propias callejuelas sirven de testigos de los horrendos crímenes. Sus barrios son mausoleos enormes donde los muertos no reposan y donde los vivos, los que quedan, observan en la vera del camino las cruces blancas de los asesinados por la ignominia gubernamental. Se trata de una gran necrópolis.

Bartolo y Milo se veían extáticos. Aun en sus cabezas no se cristalizaba la idea de haber encontrado la pista que dejara la amiga de Marcos. Sin embargo Bartolo recordó la hora aproximada de muerte, según el reporte del médico forense; al compararla con la hora del mensaje enviado por ella, supo de inmediato y no le cabía duda que Cecilia en sus tiempos últimos, ceñida de la típica valentía que le caracterizaba, había enviado a su mejor amigo la foto de su captor. Bartolo también recordó al hombre que sigiloso les escuchaba un par de días atrás, cuando departían en el bar y de donde Cecilia y Viviana salieran a esa reunión. Sabía que era el mismo hombre de gorra y gafas, el camuflado de las fotos.

Al caer del techo de aquella choza, Marcos alimentado por la adrenalina salióse disparado como lo que era, un fuerte gavilán capaz de sortear toda espesura que se le entrecruzaba por enfrente. Un crepúsculo evidente lo guiaba hacia dónde dirigirse, cercos de púas y tendederos de patios vecinos quedaron tirados atrás siendo huellas de sus pasos. Escuchaba música y algarabía cercana, mientras observaba que sus pies descalzos sangraban, aunque no dolían. El ojo derecho cerrado por la patada hacía que el izquierdo estuviera abierto al doble. Lo que corría por su cuerpo no solo era sudor y sangre, eran hilillos de plasma mezclados con terror, pero también mezclados con la esperanza de sobrevivir. Después de varios kilómetros aun podía escuchar ladridos de perros y gritos de sus captores arrojando insultos al aire. Era presa de su cansancio, sin embargo seguía corriendo a pesar de que los pulmones recibían poco oxígeno y de que su corazón palpitaba más rápido de lo que huía. De improviso los faroles de un automóvil se le cruzaron enfrente, pudo esconderse en la arboleda y ver a un hombre bajarse rifle en mano. Se trataba de Goyo. A lo lejos, por donde venía, escuchó a los perros y divisó a otro hombre, era Inés. Se vio acorralado y tomó la decisión de cortar camino, corrió a un extremo, en dirección hacia esa gran luna que apenas estaba surgiendo por los montes. Varios disparos sonaron como cohetillos confundiéndose con el festejo, uno de ellos impactó en su pierna.

Sucedía que la tenebrosa urbe se extendía más allá del asfalto. Los alrededores, caseríos y aldeas eran convertidos por bestias con mentes alienadas, en sombríos espacios de tortura y muerte. Los polvorosos caminos de herradura también eran aprovechados por malditos hombres sádicos para montar escenas de horror mientras transcurrían celebraciones, escondiendo así verdaderos rituales de sangre y dolor. Los pobladores junto a sus santos se vestían de negro como preparándose para un funeral, presagiando noches en vela. Para ellos, el parroquiano de turno es otro muerto más, de los que mandan más; y guardan solemnes silencios brindando respeto a todos los actores. Sucedía que el despotismo militar y la impunidad corrupta de la in-justicia continuaban firmes y operantes, como marmóreas efigies enraizadas más allá de la necrópolis.

Bartolo tenía todas las pistas en la mesa, creía que aún no eran pruebas contundentes pero servirían para crear un caso que diera con los asesinos de Cecilia y Viviana. Ahora solo aguardaban ansiosos en el laboratorio la llegada de Marcos para poder concatenar esfuerzos, sin saber que ya era un pájaro enjaulado. Había recabado la información de las demás fotografías y estaba enlistando cámaras de video en las escenas del crimen, parecía que hacían el obvio trabajo que debió hacer alguien más.

—Milo, ya tenemos todo. Dispongo de las fotos que tenía Marcos, en donde está el hombre que recuerdo del bar. Tenemos la foto tomada por Cecilia el día de su secuestro, esto se puede relacionar con la hora de muerte, talvez pueda servir de algo. Pero sobre todo tenemos las ubicaciones de las cámaras de video de los lugares donde encontraban los costales. En esas imágenes podemos verificar al hombre que llegaba a todos los sitios.

—Muy bien —dijo Milo—. No muy satisfecho con las pistas.

—Yo sé que no se ven tan alentadoras, pero con el trato adecuado se puede llegar a comprobar algo. Además, estoy seguro que en este momento Marcos tiene más información que nos servirá. —Le dijo Bartolo más esperanzado que consciente.

Tras un largo y pesado silencio Milo dijo con voz dubitativa:

—Con estas pistas se puede construir un caso, tenés razón, pero y... ¿A dónde las llevamos?

Los dos quedarónse viendo, como intercambiando telepáticamente algunas ideas.

Al ver la silla y las cuerdas desparramadas en aquel suelo de tierra, Goyo e Inés se convirtieron en un solo monstruo, tal y como había ocurrido en la cacería de Cecilia y posiblemente en todas las demás, se conjugaron en un solo ser ávido de sangre; repugnante y vil. Cada paso era estudiado y todo movimiento pautado y sistemático. El monstruo pensaba —¿Cómo se me pudo ocurrir alargarle la vida a ese animal?— que no lo mereció nunca. Se dirigió a una jaula donde estaban ladrando perros, sacó dos y luego fue en búsqueda de la camioneta. Sabía que si se escapaba, él sería un monstruo muerto. Llegó al centro de la plaza, donde convivían los aldeanos en una feria en honor a su santo patrono. Ni la música y el holgorio les hicieron perder su norte, había que encontrar a su presa, hicieron un estudio de la zona y decidieron separarse por esta vez. Goyo iría en la camioneta e Inés andando. Los perros hicieron su trabajo, olfatearon al gavilán e iniciaron su búsqueda, Inés incólume, seguía a los canes. A lo lejos pudo ver la camioneta y se dirigió a ella, aunque un tanto cegado por los faroles logró ver una sombra correr hacia los cerros y decidió hacer disparos de advertencia. Ambos hombres se volvieron de nuevo uno y localizaron a su presa, un disparo certero bastó para hacerle caer en los matorrales.

Marcos precipitóse en la orilla de un camino, la sangre caliente manaba por su pantorrilla y quiso tomar pie y le fue imposible. Se arrastró queriendo dejar por sentado que jamás lo atraparían, mientras que a los lejos por sobre los montes, dirigía lo que quedaba de su penetrante mirada hasta aquella enorme y lívida luna llena. Las sombras que se dibujaban en la espesura le rendían honor a su esfuerzo, sin embargo pese a su empeño el cuerpo lánguido le resulto ser una carga pesada. Escuchó cada vez más cerca a sus captores, fue cuando lo supo… estaba viéndose claramente actuando en sus últimos párrafos… en el escenario de aquella nefasta sucursal necropolitana y en un intento más por sobrevivir logro ponerse de pie, solo para ser blanco de otro tiro en el hombro.

Los perros fueron los primeros en acercarse, jadeantes y enfurecidos mordieron a su ave hasta que el monstruo les ordenó que se detuvieran. Seguido a eso le berreo insultos y le dio de patadas a un cuerpo que no le oponía resistencia. Su enemigo le hizo las mismas preguntas que antes y Marcos lleno de una fiereza impotente les vociferó:

—Mataron a mi amiga hijos de puta... tarde o temprano la van a pagar.

Dándose por enterado, la bestia famélica sentóse sobre su espalda, tomó de su cintura un afilado y dentado yatagán, le propinó la primera estocada, seguida de otras más, con movimientos frenéticos y estrepitosos.

Te desmayaste por el embate y la volviste a ver, es ella. En tu fantasía algo quiso que fueras testigo nuevamente de aquella diáfana aparición. Eras un niño y con una red tratabas de atrapar a una mariposa aurinegra, pero de repente la mirás, es nadie más que tu fantasma deambulando por la acera.

El energúmeno continuaba propinándole puñaladas y por segundos, el fotógrafo, regresaba de su ensueño sintiendo todo el peso de la bestia y una presión filosa e hiriente sobre su espalda. Ya no sentía dolor, solamente una explicable apatía de su organismo por continuar respirando.

De repente te encontrás en una cafetería, sos adulto de nuevo y enfrente tenés a la angélica mujer que te envicia los sentidos, tomás sus delicadas y alabastrinas manos, y de nuevo sos feliz explicándole por fin tu amor.

Reinó un profundo silencio en medio de aquella arboleda, la bestia cobijóse oportunista en la oscuridad para terminar de embolsar el trabajo. Y arriba, el círculo plateado colgado en la bóveda nublada fue testigo de que Marcos estaba inefablemente soñando.

EPÍLOGO

Eran las diez de la noche en el mundo onírico, la cafetería donde se encontraran esa tarde Marcos Lara y Lorena Bradford había cerrado. La camarera salía de su larga jornada depositando en el contenedor las bolsas con basura, procediendo a desprenderse del delantal que tanto mal veían los clientes. Antes quiso buscar un cigarro y el mechero en el bolsillo, pero allí alojado en lo profundo de su mandil encontró el papel en el que Lorena escribiera. Localizó y encendió el cigarrillo mientras sucedían algunos otros sueños a su alrededor. Y ahí inmersa en la fantasía febril de algún poeta soñador y con la levedad que ofrece una madrugada gélida dio lectura a las siguientes frases:

Somos los sueños que hemos hecho realidad.
Quizá a ojos de otros un dúo lastimero que puede pedir más,
que sin embargo se conforma con la rareza del ser y el querer.
Para nosotros, tú y yo, somos una centella de ilusión.
También pareciera ser un sueño al borde de la cama,
talvez un derrotero con huellas de fantasma,
en el que de lejos nos observamos
con el placer de una utilitaria sociedad.
Has parido alas de sueños con plumas invisibles,
ahuecadas por un viento recio,
es el mismo ventarrón que nos golpeó el rostro
haciendo de nosotros una pareja de caras risibles.
Aunque tú y yo somos esto,
somos a pesar del viento y a pesar de esa ilusión;
somos una imposibilidad que lucha por existir.
Somos un número par con aires de non,

una especie de complicidad casi ingenua y contradictoria.
Somos almas viejas quienes dicen se quieren, y que a lo mejor
es verdad;
sin embargo también puede ser verdad que yo me quiera
más,
que tú te quieras más que a mí, y por eso esto.
Y estoy segura nos encontraremos,
nos veremos en tu sueño futuro
cuando tú y yo seamos con otros algo más
o quizá seamos nosotros mismos convertidos en otros,
y al solo vernos sabremos que nos queremos,
lo intuiremos gracias a ese viento.
Y la brisa nos golpeará la cara de nuevo
con metáfora de unión perecedera.
En un sueño absurdo, lo sé.
Pero es que tú y yo somos absurdos.
Pero que bien funciona,
cuanta sonrisa saca de mi corazón,
de ese que encubre poco.
Y retomando, cuando nos volvamos a encontrar
eso que funcionó volverá a funcionar,
quizá nos alejemos silenciosos de todo,
casi a hurtadillas nos dirigiremos a los rincones de donde
estemos,
nos acompañaremos de nuevo
y volveremos a vernos sitiados en lo absurdo,
envueltos en una instantánea alevosía.

Impreso en Estados Unidos
para Casasola LLC
Primera Edición
MMXX ©